# Maravilhosos contos dos Irmãos Grimm

reconto de Nelson Albissú

ilustrações de Walter Lara

1ª edição
2017

© 2017 texto Nelson Albissú
ilustrações Walter Lara

**© Direitos de publicação**
**CORTEZ EDITORA**
Rua Monte Alegre, 1074 – Perdizes
05014-001 – São Paulo – SP
Tel.: (11) 3864-0111 Fax: (11) 3864-4290
cortez@cortezeditora.com.br
www.cortezeditora.com.br

Direção
*José Xavier Cortez*

Editor
*Amir Piedade*

Preparação
*Isabel Ferrazoli*

Revisão
*Alexandre Ricardo da Cunha*
*Rodrigo da Silva Lima*
*Roksyvan Paiva*

Projeto Gráfico
*Gustavo Gamarano Lara*

Edição de Arte
*Mauricio Rindeika Seolin*

Dados Internacionais de Catalogação na Publicação (CIP)
(Câmara Brasileira do Livro, SP, Brasil)

Albissú, Nelson, 1948-2016
 Maravilhosos contos dos irmãos Grimm / reconto de Nelson Albissú; ilustrações de Walter Lara. – 1. ed. – São Paulo: Cortez, 2017.

 ISBN: 978-85-249-2537-5

 1. Contos – Literatura infantojuvenil I. Grimm, Wilhelm, 1786-1859 II. Grimm, Jacob, 1785-1863 III. Lara, Walter. IV. Título.

17-06194  CDD-028.5

Índices para catálogo sistemático:

1. Contos: Literatura infantil            028.5
2. Contos: Literatura infantojuvenil      028.5

Impresso na Índia – setembro de 2017

*Ter o meu nome associado aos Irmãos Grimm
é uma grande felicidade que agradeço
ao amigo editor e escritor Amir Piedade
a quem dedico este livro.*

# Sumário

Os Irmãos Grimm, 8

Como tudo começou, 10

A Bela Adormecida, 13

Branca de Neve, 21

Chapeuzinho Vermelho, 35

Cinderela, 42

João e Maria, 57

O Alfaiate Valente, 70

O Príncipe Sapo, 84

O Peixinho Dourado, 92

Rapunzel, 105

Rumpelstiltskin, 113

# Os Irmãos Grimm

**Faz duzentos anos** que os Irmãos Grimm publicaram seu primeiro livro de contos, e, mesmo após tanto tempo, as histórias continuam atuais, emocionando leitores do mundo todo. Em 1812, eles organizaram um volume intitulado *Contos de Fadas para o Lar e as Crianças*, no qual reuniram personagens como Bela Adormecida, Branca de Neve, Chapeuzinho Vermelho, Cinderela e João e Maria.

Para os irmãos, os contos explicavam a origem de seu povo e seus costumes. Dedicaram-se a estudar a história da língua alemã e a reunir mitos, lendas e contos de fadas que descobriam em livros antigos e também por meio de narrações. Adoravam ouvir histórias contadas por pessoas que viviam no campo e nas cidades.

Quando decidiram coletar os contos que liam e ouviam, o fizeram por um motivo muito nobre: queriam recuperar a identidade cultural do país deles, a Alemanha.

# Como tudo começou

Jacob Ludwig Carl Grimm nasceu em 4 de janeiro de 1785 e Wilhelm Carl nasceu no ano seguinte, em 24 de fevereiro, ambos em Hanau, uma aldeia localizada na região central da Alemanha. Os irmãos passaram a infância com os pais e mais seis irmãos na aldeia de Steinau, atual estado de Hesse.

A bonita história dos irmãos começou, na verdade, após uma tragédia: a morte do pai deles, que acabou deixando a família na miséria. Jacob e Wilhelm, que eram os filhos mais velhos, então com 10 e 11 anos, só conseguiram estudar graças à generosidade de uma tia, que manteve os estudos dos sobrinhos na cidade de Kassel – onde mais tarde se formariam em Direito. E foi justamente na faculdade que tiveram o primeiro contato com manuscritos e documentos históricos. A descoberta da sua aptidão pela pesquisa começava ali. Tomaram consciência da importância dos registros e da preservação das histórias e não pararam mais de fazer descobertas. Para eles, o passado explicava o presente.

Em Kassel trabalharam como bibliotecários, uma profissão que lhes dava oportunidade de conhecer textos e manuscritos raros. Um convite para colaborar numa antologia de canções populares e cantigas infantis proporcionou-lhes experiência para a coleta e publicação de documentos antigos.

Mas os irmãos não se limitaram a pesquisar textos impressos. Eles também transcreviam o que ouviam de contadores de histórias, moradores tanto do campo quanto do ambiente aristocrático. A esposa de Wilhelm, Dortchen Wild, filha do

farmacêutico local, foi presença marcante no trabalho do marido. Ela narrou, com sua mãe e irmãs, alguns dos contos mais conhecidos hoje, como *João e Maria* e *A Bela Adormecida*.

Outra contribuição importante para a contação de histórias foi a de Katharina Dorothea Viehmann (1755-1815), mulher de um alfaiate da aldeia que ia frequentemente à residência dos Grimm vender frutas e verduras. O segundo volume de *Contos de Fadas para o Lar e as Crianças*, publicado em 1815, traz a maioria dos contos narrados por Katharina Dorothea, que ficou conhecida como "a mulher dos contos de fadas" (Märchenfrau).

Os irmãos descobriram em suas pesquisas que muitas histórias trágicas haviam sido alteradas para ganhar finais felizes. Mas eles próprios nunca mudaram enredos. Tinham especial cuidado em buscar um material próximo da narrativa que teria dado origem às várias versões que circulavam na oralidade.

*Cinderela* ou *Gata Borralheira*, por exemplo, possui mais de 300 interpretações no mundo todo. Neste livro você irá conhecer uma delas, recontada pelo escritor Nelson Albissú.

E verdade seja dita. Os contos dos Irmãos Grimm são muito mais do que simples histórias com final feliz. Eles revelam nossos sonhos (de encontrar um amor verdadeiro, como em *Cinderela*, por exemplo) e também nossos piores pesadelos (medo de perder os pais, como em *João e Maria*, ou de perder a liberdade, como em *Rapunzel*).

Wilhelm Grimm morreu em 16 de dezembro de 1859 e Jacob, em 20 de setembro de 1863, ambos em Berlim, na Alemanha.

# A Bela Adormecida

**Havia um rei e uma rainha** jovens, poderosos e ricos, que só não eram completamente felizes porque não tinham filhos.

– Se tivéssemos um menino! – sonhava o rei.

– Se nascesse uma menina! – animava-se a rainha.

Mas, em uma tarde ensolarada, quando a rainha foi se banhar no riacho do parque real, uma rãzinha pulou fora da água e pressagiou:

– Não fique triste, majestade! Seu desejo será satisfeito. Em menos de um ano você será mãe.

Nove meses depois, a profecia se concretizou e nasceu uma linda menina.

O rei estava tão feliz que, para a grande festa de batizado da pequena princesa chamada Aurora, convidou uma multidão de súditos, parentes e amigos, nobres do reino. Como convidadas de honra, fez questão da presença das treze fadas dos confins do reino para que fossem boas e gentis com a princesa.

Entretanto, na hora de sair para entregar os convites, um dos mensageiros, bastante preocupado, observou:

– Majestade, são treze fadas e só temos doze pratos de ouro. O que faremos? A fada que tiver de comer no prato de prata poderá se ofender. E uma fada ofendida não é boa coisa.

– Não convidaremos a décima terceira fada – decidiu o rei, depois de avaliar as possíveis consequências. – Talvez ela nem saiba que nasceu a nossa filha e que daremos uma festa.

Assim, apenas doze fadas foram convidadas.

A festa foi maravilhosa, com muita pompa e alegria. De madrugada, antes de partirem, as doze fadas se aproximaram do berço, onde dormia a princesa Aurora, e cada uma lhe ofereceu uma boa dádiva:

– Será a mais bela moça do reino – disse a primeira fada.

– Terá caráter justo – a segunda acrescentou.

– Será dona de riquezas a perder de vista – proclamou a terceira.

– Seu coração será caridoso – afirmou a quarta.

– Sua inteligência brilhará como um sol – comentou a quinta.

Assim, sucessivamente, onze fadas já haviam presenteado a pequena menina, quando surgiu a décima terceira fada, inconformada por não ter sido convidada. Sem cumprimentar ninguém, com os olhos brilhando de ódio, ela avançou até o berço e berrou para todos ouvirem:

– Aos 15 anos, a princesa vai se ferir no fuso de uma roca e tombará morta.

Sem dizer mais nada, deixando os presentes horrorizados e os pais desesperados, ela partiu.

Então, aproximou-se a décima segunda fada, que ainda não havia se manifestado, deu um passo à frente, aproximando-se do berço, e, com pesar, anunciou:

– Não tenho poderes para destruir a maldição que atingiu a princesa, mas posso amenizar essa maldade. Por isso, a princesinha não morrerá quando atingir a idade de 15 anos, mas dormirá por cem anos. Só ao fim desse tempo um príncipe irá acordá-la com um beijo.

Tentando livrar a filha daquele destino predestinado, o rei mandou queimar todas as rocas do reino. Desse dia em diante, ninguém mais fiava, nem linho, nem algodão, nem lã.

À medida que o tempo passava, todas as dádivas das fadas iam se cumprindo. Aurora ficou linda, inteligente, generosa, simpática e de excelente caráter. Todos adoravam aquela menina que ia se transformando em mulher.

Talvez, para se cumprir todas as vontades das fadas, bem no dia em que a princesa completou 15 anos, o rei e a rainha estavam ausentes. Isso favoreceu para que a princesa, aborrecida por estar sozinha, começasse a andar pelas salas do castelo. E, assim, chegando perto de um portão de ferro que dava acesso à parte de cima de uma antiga torre, abriu-o, subiu a longa escada e chegou ao alto. Destrancou a porta e entrou em um quartinho, onde, ao lado da janela, estava uma velhinha de cabelos brancos fiando com o fuso uma meada de linho. A garota olhou maravilhada. Nunca havia visto um fuso.

– Bom dia, vovozinha. O que está fazendo?

– Estou fiando!

Fascinada, a princesa olhava o fuso girando, rapidamente, entre os dedos da velhinha.

– Parece mesmo divertido esse estranho pedaço de madeira virando rápido. Posso experimentá-lo também?

Sem esperar resposta, pegou o fuso. Naquele instante, cumpriu-se o feitiço. Ela furou o dedo e sentiu um grande sono. Mal deu tempo para se deitar na cama que havia no aposento, e seus olhos se fecharam.

Na mesma hora, aquele sono estranho se difundiu por todo o castelo e todos dormiram. No trono, o rei e a rainha, recém-chegados ao castelo, adormeceram um do lado do outro. Os cavalos dormiram na estrebaria, as galinhas no galinheiro, os cães no pátio e os pássaros nos telhados. Adormeceu o cozinheiro, que assava a carne, e o servente que lavava as louças. Dormiram os cavaleiros com as espadas na mão e as damas que enrolavam seus cabelos. Também o fogo, que ardia nos braseiros e nas lareiras, parou de queimar. Cessou o vento, que assobiava na floresta. Nada se mexia no castelo, mergulhado em profundo silêncio.

Rapidamente, cresceu um imenso roseiral, que passou a ocultar todo o castelo. Nem os muros apareciam, nem a ponte levadiça, nem as torres, nem a bandeira hasteada na torre mais alta.

Nas aldeias vizinhas, a história da princesa Aurora adormecida dentro do bosque que a protegia passava de pai para filho.

Durante um século, sem êxito, audaciosos cavalheiros tentaram chegar ao castelo. O enorme espinheiro, cerrado e impenetrável, arranhava a todos, fazendo-os sangrar até a morte. Só poucos homens, de mais sorte, voltavam vivos, mas em condições lastimáveis, muito machucados e feridos.

Ao completar cem anos de encantamento, data destinada para a princesa despertar, um corajoso príncipe, após ouvir um velho contar a história da bela adormecida, decidiu:

– Também quero tentar.

Todos os que souberam desse propósito do príncipe tentaram dissuadi-lo:

– Nunca ninguém conseguiu!

– Outros jovens, fortes e corajosos como você, falharam.

– Alguns morreram entre os espinheiros.

– Desista!

Entretanto, ninguém conseguiu convencê-lo.

– Não tenho medo de nada – afirmou o príncipe, decidido a partir, e assim fez.

Ao se aproximar do castelo, ele viu o emaranhado dos galhos de espinhos entrelaçados nas enormes carreiras de flores perfumadas que se abriam diante dele, como se o convidassem a entrar. Ele entrou por aqueles caminhos, que foram se fechando após sua passagem.

Quando chegou à frente do castelo, a ponte levadiça estava abaixada e dois guardas dormiam ao lado do portão, apoiados nas armas. No pátio, havia um grande número de cães, alguns deitados no chão, outros encostados nos cantos. Em pé, os cavalos dormiam nas estrebarias.

Nas grandes salas do castelo reinava um silêncio tão profundo que o príncipe ouvia sua própria respiração. A cada passo dele levantava nuvens de poeira. Salões, escadarias, corredores, cozinha, por toda parte, o mesmo espetáculo: gente dormindo nas mais estranhas posições.

O príncipe perambulou por longo tempo no castelo. Enfim, achou o portãozinho de ferro que levava à torre, subiu a escada e chegou ao quartinho onde dormia a princesa Aurora.

A princesa estava tão bela, com o rosto rosado e risonho, de cabelos soltos, espalhados nos travesseiros, que nem parecia que dormia há cem anos. O príncipe ficou apaixonado, inclinou-se e deu-lhe um beijo.

Imediatamente, a moça despertou, olhou para o príncipe e sorriu.

Todo o reino também despertou naquele instante.

Acordou o cozinheiro que dormiu quando assava a carne; o servente continuou lavando as louças, enquanto as damas da corte voltavam a enrolar seus cabelos.

Das lareiras e braseiros, o fogo subiu alto pelas chaminés. O vento fazia farfalhar as folhas das árvores. A vida voltava ao normal.

Logo, o rei e a rainha correram à procura da filha e, ao encontrá-la, chorando, agradeceram ao príncipe por tê-la despertado do longo sono de cem anos.

O príncipe, então, pediu a mão da moça em casamento. Ela aceitou de pronto porque já estava apaixonada pelo seu valente salvador.

Casaram-se no dia seguinte, que amanheceu ensolarado, e viveram felizes para sempre.

# Branca de Neve

Num inverno, quando flocos de neve caíam como penas do céu, em seu palácio, uma bonita rainha sentou-se ao lado de uma janela estruturada por pranchas de ébano, que é madeira muito escura, e se pôs a bordar.

De repente, como estava distraída contemplando o cair da neve, espetou o dedo com a agulha. Três gotas de seu sangue pingaram sobre uma porção de neve acumulada no parapeito da janela. Admirando aquela imagem do vermelho sobre a branca neve, ela desejou:

— Ah, se eu tivesse uma criança de pele branca como esta neve, de face corada igual a este sangue e de cabelos escuros como a madeira desta janela!

Meses depois, a rainha teve uma linda menina corada igual a sangue, de cabelos negros parecidos com a cor do ébano e de pele branca como a neve, por isso chamaram-na de Branca de Neve.

Infelizmente, mal a menina nasceu, morreu a rainha. Passado mais de um ano, novamente, o rei se casou com uma mulher bonita, mas tão orgulhosa e arrogante, que não suportava ter sua beleza superada por ninguém. Ela possuía um grande espelho mágico, no qual se olhava, perguntando sobre sua beleza:

– Espelho, espelho meu, existe mulher mais bela do que eu?

E o espelho sempre respondia:

– Você é a mulher mais linda do mundo.

Os anos foram passando, e o rei também morreu, enquanto Branca de Neve crescia e se tornava ainda mais bonita do que antes. Até o dia em que a malvada da madrasta consultou seu espelho, e ele respondeu:

– Rainha, é grande a sua beleza, mas, agora, Branca de Neve é a mais bela.

A mulher ficou indignada e louca de inveja. Passou a odiar a Branca de Neve. E, não admitindo a nova situação, chamou um caçador e exigiu:

– Leve a Branca de Neve para a floresta! Nunca mais quero vê-la. Mate-a e traga-me o coração dela para eu ter certeza de que continuo sendo a mulher mais bela!

O caçador obedeceu. Sem a coitadinha da moça saber, levou-a para longe. No interior da floresta, quando sacou da espada para matá-la, Branca de Neve começou a chorar e lhe implorou:

– Não me mate! Prometo nunca mais voltar para casa.

Diante das lágrimas e do pedido da moça, o caçador sentiu compaixão e disse:

– Não te matarei, moça bonita. Mesmo sabendo que as feras da floresta logo te devorarão, sinto-me aliviado por não ser eu quem vai tirar a tua vida.

Dito isso, partiu, decidido a executar um animal selvagem e a tirar-lhe o coração para levá-lo à rainha madrasta, como prova de haver matado Branca de Neve.

Entregue à própria sorte, Branca de Neve ficou sozinha na floresta, sem saber o que fazer e para onde ir. Sem rumo e sentindo muito medo, começou a perambular por entre árvores e caminhos da imensa mata fechada. Andava tão apavorada que se assustava até com os troncos, galhos e folhas das árvores. Resolveu correr, mas foi arranhada por espinhos e teve os pés escalavrados por pontudas pedras. Os animais selvagens, embora não a atacassem, assustavam-na com suas presenças e rugidos. Em tudo e em todos os lugares via perigo. Assim, o medo, a fome e o cansaço estiveram com ela o dia inteiro.

Ao final da tarde, caminhando por uma longa trilha, teve a sorte de encontrar uma clareira com uma casinha no centro. Bateu palmas, e, como ninguém deu sinal de vida, entrou com a intenção de pernoitar.

    Tudo na casa era bonito, limpo e organizado, mas menor do que de costume. Sobre a mesa, coberta por uma toalha branca, estavam dispostos sete pratinhos, acompanhados cada qual por colher, faca e copo bem pequenos. Ao lado da garrafinha de vinho, havia um cestinho com pãezinhos. Sentindo-se faminta e sedenta, Branca de Neve comeu um pouco de mingau, um pãozinho e bebeu um gole de vinho. Depois, rumou para o quarto ao lado, onde sete caminhas estavam organizadas uma ao lado da outra. Cansada como estava, decidiu se deitar, mas seu tamanho era grande para aquelas camas curtas e estreitas demais. Por isso, ajuntou as sete, uma ao lado da outra, deitou-se atravessada, rezou agradecida por estar viva e dormiu.

    Tarde da noite chegaram os sete anões mineiros, que escavavam as profundezas das montanhas em busca de ouro e eram os donos daquela casa. Com suas pequenas lamparinas apuravam que as coisas não estavam conforme haviam deixado. O primeiro quis saber:

– Quem se sentou na minha cadeira?

O segundo:

– Quem comeu no meu prato?

O terceiro:

– Quem comeu do nosso mingau?

O quarto:

– Quem comeu do nosso pão?

O quinto:

– Quem usou minha colher?

O sexto:

– Quem bebeu do nosso vinho?

O sétimo:

– Quem bebeu na minha caneca?

O primeiro gritou lá do quarto:

– Quem está deitada nas nossas camas?

    Os outros correram até ele e, ao verem Branca de Neve deitada dormindo, ficaram admirados da beleza dela.

    – Céus, como ela é bela! – disse um deles, e os outros balançaram a cabeça concordando.

    A felicidade deles era tão grande que concluíram ser melhor não acordá-la. Deixaram-na dormindo, e cada qual passou a noite como pôde. Na manhã seguinte, assim que ela acordou, com simpatia, um deles lhe perguntou:

    – Qual é o seu nome?

    – Branca de Neve.

    – Por que você está aqui? – outro quis saber.

    Ela lhes contou toda a história. Sensibilizados, propuseram que ela ficasse morando com eles, cozinhando, limpando e arrumando a casa, enquanto eles trabalhavam nas minas das montanhas. Agradecida, ela aceitou a proposta e se pôs a limpar a casa, enquanto eles partiam para o trabalho em busca de ouro e prata. Por terem Branca de Neve morando com eles, felizes, os sete homenzinhos trabalharam durante o dia e, à noite, voltaram cantando para casa. Depois do jantar, um deles advertiu a moça:

    – Cuidado com a sua madrasta, pois, mais dia menos dia, ela descobre que você está aqui! Por isso, não abra a porta para ninguém e evite ser vista por pessoa estranha.

Parece que o anão havia adivinhado quando deu aquele conselho, porque, mesmo recebendo o coração do animal selvagem como se fosse o da Branca de Neve, a rainha foi consultar seu espelho:

– Espelho, espelho meu, existe mulher mais bela do que eu?

E o espelho respondeu:

– Rainha, é grande a sua beleza, mas na montanha, na casa dos sete anões, mora Branca de Neve, que é muito mais bela.

Diante dessa resposta, a mulher se enfureceu, gritou e reclamou da vida. Sabia que o espelho não mentia. De pronto, descobriu ter sido traída pelo caçador e que a Branca de Neve ainda estava viva. Sendo assim, ela mesma precisava dar um jeito naquela situação, pois a inveja não a deixava em paz. Então pensou, pensou e, finalmente, resolveu pintar seu rosto e se vestir como velha, transformando-se em alguém completamente irreconhecível. Assim disfarçada, ela passou ao longo das sete montanhas até chegar à casa dos anões, onde bateu na porta e anunciou:

– Lindas mercadorias para vender!

Branca de Neve olhou pela janela e respondeu:

– Bom dia, querida senhora, o que traz para vender?

– Finos produtos para pessoas de bom gosto. Rendas bonitas de todas as cores – e, dizendo isso, tirou da bolsa uma fina fita, bordada com renda de seda dourada.

Inocentemente, Branca de Neve julgou que se tratava de uma boa senhora e, por isso, poderia deixá-la entrar. Destrancou a porta, e a velha entrou:

– Você está precisando de fitas novas! Olhe como esta é bonita. Deixe-me colocá-la na sua cintura!

Sem desconfiar de nada, a moça permitiu. A velha apertou tanto a fita que, ficando sem ar, Branca de Neve tombou como morta.

– Este é o fim da sua formosura! – como bruxa nociva, a velha gargalhou seu desprezo e saiu apressadamente.

Por sorte, naquele dia, os anãozinhos retornaram mais cedo do trabalho. Ficaram chocados ao se deparar com a Branca de Neve estendida no chão, como se estivesse morta. Levantaram-na e descobriram a fita apertada. Cortaram-na e assim, aos poucos, a moça começou a respirar. Quando os anões ouviram o que havia acontecido, disseram:

– A velha mascate é a rainha má. Tome muito cuidado. Não deixe ninguém entrar quando não estivermos aqui!

Mal chegou ao palácio, a rainha foi direto falar com seu espelho:

– Espelho, espelho meu, existe mulher mais bela do que eu?

E o espelho respondeu:

– Rainha, é grande a sua beleza, mas na montanha, na casa dos sete anões, mora Branca de Neve, que é muito mais bela.

Diante dessa resposta, o sangue da rainha gelou de ódio e despeito. Não podia admitir que Branca de Neve ainda vivesse. Por isso, com a bruxaria que ela sabia fazer, enfeitiçou um pente. Disfarçou-se bem diferente de antes e tomou o caminho longo das sete montanhas até a casa dos anões. Lá bateu na porta e anunciou:

– Lindas mercadorias para enfeitar ainda mais as moças bonitas!

Branca de Neve olhou pela janela e disse:

– Desculpe-me, minha senhora, mas não posso deixar ninguém entrar.

– Não precisa abrir a porta, menina bonita – respondeu a falsa velha. – Olhe só que pente bonito eu tenho para vender!

Encantada pela beleza daquele pente dourado, Branca de Neve abriu a porta e foi ao encontro dela. Aí, sem pensar no risco que corria, apanhou o pente e o colocou no cabelo. O veneno nele contido era tão poderoso que a fez tombar sem sentidos.

– Agora, este é o fim da sua beleza! – gargalhou a velha, saindo apressadamente.

Felizmente, já era quase noite, e os sete anões já estavam voltando para casa. Ao verem Branca de Neve tombada no chão, imediatamente, suspeitaram da rainha madrasta e começaram a procurar o que a malvada podia ter feito desta vez. Encontraram o pente envenenado. Arrancaram-no dos cabelos da moça, que retomou os sentidos e contou o acontecido. Então, mais uma vez, eles a aconselharam a não abrir a porta para ninguém.

Enquanto isso, no palácio, na frente do espelho, a rainha perguntava:

– Espelho, espelho meu, existe mulher mais bela do que eu?

E o espelho novamente respondeu:

– Rainha, é grande a sua beleza, mas na montanha, na casa dos sete anões, mora Branca de Neve, que é muito mais bela.

Ao ouvir essa resposta, transtornada pela inveja que nutria por a moça ser mais bela do que ela, a rainha má jurou:

– Branca de Neve vai morrer, custe o que custar. Nem que isso valha a minha própria vida!

Indignada e malévola, ela seguiu para o seu quarto secreto de bruxaria, onde ninguém entrava. Lá preparou uma maçã envenenada. Pronta a maçã, ela pintou a cara, vestiu-se como uma camponesa e se pôs a caminho por entre as sete montanhas até a casa dos anõezinhos. Quando ela bateu à porta, Branca de Neve saiu na janela e avisou:

– Não posso deixar ninguém entrar. Os anões me proibiram.

– Tudo bem! – concordou a mulher. – Apenas aceite esta maçã que lhe estou presenteando.

– Não! Não posso aceitar nada.

– Que bobagem! Você tem medo da maçã estar envenenada? Olhe, vou cortá-la em duas partes, a vermelha é para você, eu como a metade branca – disse a mulher, mordendo aquela parte, certa de que o veneno estava concentrado apenas do outro lado da fruta.

Ao ver a mulher comendo com tanto apetite, Branca de Neve não resistiu, estendeu a mão e, sem saber, tomou a metade envenenada. Mal mordeu, caiu estendida no chão.

A rainha gargalhou de alegria:

– Branca como a neve, vermelha como sangue e de cabelos negros como ébano, desta vez os anões não poderão acordá-la.

Assim, saltando de satisfação, foi para o palácio, onde questionou seu espelho:

– Espelho, espelho meu, existe mulher mais bela do que eu?

E o espelho respondeu:

– Você é a mulher mais bonita do mundo.

Com isso, a rainha se deu por satisfeita.

À noite, quando os anões voltaram, encontraram a Branca de Neve caída no chão. Esperançosos de salvá-la, eles começaram a procurar o que estava causando aquele estado. Levantaram-na, desarrumaram suas vestes, despentearam seus cabelos, lavaram-na com água e vinho, mas nada adiantou. A pobre moça estava desfalecida e assim continuou.

Os anõezinhos a colocaram numa maca, coberta de pétalas de flores, e os sete choraram por três dias e três noites. Quando iam sepultá-la, admirados pelo semblante da moça, que permanecia vivo e rosado como se estivesse apenas dormindo, mudaram de ideia:

– Não podemos cobri-la de terra – disse um dos anões, e todos concordaram.

Diante disso, construíram um caixão de cristal, no qual eles escreveram em letras de ouro o nome dela e do rei de quem era filha, colocaram-na dentro e a conduziram ao topo de uma montanha.

Todos os dias, ao voltar do trabalho, os anãozinhos iam vê-la. Por mais que os dias passavam, a aparência da moça nunca se alterava. Parecia que ela apenas dormia e que a qualquer momento despertaria.

Um dia, um príncipe perambulava pela floresta quando se deparou com o caixão de cristal. Apaixonou-se por Branca de Neve e soube de quem se tratava, pois leu o que estava escrito em letras douradas. Então, ele propôs para os anões:

– Deixem-me levá-la comigo!

Mas os anões responderam:

– Não nos separaremos dela por nada deste mundo.

– Sendo assim, só me resta morrer, porque não posso viver longe da mulher que amo.

Ouvindo essas palavras de dor, os anões sentiram pena do rapaz, mudaram de ideia e permitiram que ele a levasse.

O príncipe chamou seus servos para conduzi-la. Aconteceu que um deles tropeçou num arbusto, desequilibrou-se e, com isso, acabou balançando fortemente o caixão. Devido a essa sacudidela, o pedaço de maçã venenosa, engasgado na garganta da Branca de Neve, saltou fora da boca. Ela abriu os olhos, levantou-se e se sentou cheia de vida:

– Onde estou? – confusa e assustada, perguntou.

Transbordando de alegria, o príncipe respondeu:

– Está comigo – e contou-lhe tudo sobre o acontecido. Por fim, confessou: – Amo você mais do que tudo no mundo – e propôs: – Case-se comigo e venha morar no palácio do meu pai!

Branca de Neve aceitou. O casamento foi celebrado com grandes pompas e muita alegria.

Para a festa foi convidada muita gente. Entre os convidados estava a maldosa rainha, que, enquanto se vestia para ir à festa do casamento, perguntou ao seu espelho:

– Espelho, espelho meu, existe mulher mais bela do que eu?

E o espelho respondeu:

– Rainha, é grande a sua beleza, mas a nova rainha é ainda mais bela.

Morta de raiva, ao ouvir aquilo, a rainha má pensou em não ir ao casamento. Mas, curiosa para conhecer sua nova rival, mudou de ideia e foi.

Quando reconheceu que a nova rainha era a Branca de Neve, que ela julgava morta, a malvada caiu doente e morreu de inveja em poucos dias, enquanto o novo casal foi feliz para sempre.

# Chapeuzinho Vermelho

**Era uma vez** uma menina tão doce e meiga, que todos gostavam dela. A avó a adorava tanto, que nem sabia mais o que lhe dar de presente. Um dia, a avó a presenteou com uma capa vermelha com capuz.

A menina gostou tanto do presente, que vivia vestida com sua capa vermelha com capuz da mesma cor. Por isso ficou conhecida como Chapeuzinho Vermelho.

Um dia, sua mãe lhe disse:
– Chapeuzinho, leve este pedaço de bolo e esta garrafa de mel para sua avó. Ela está doente e fraca. Isto vai ajudá-la a melhorar. Vá, sem ficar brincando no caminho e sem sair da estrada.

Chapeuzinho prometeu obedecer. Pegou a cesta, com tudo dentro, despediu-se e partiu.

Sua avó morava no meio da floresta, distante uma hora e meia da vila. Logo que Chapeuzinho entrou na mata, um lobo apareceu.

Como ela não o conhecia nem sabia que ele era um ser perverso, não sentiu medo algum.

– Bom dia, Chapeuzinho!
– Bom dia, Lobo! – respondeu.
– Aonde você vai assim tão cedinho?
– Vou à casa da minha avó.
– O que você está levando aí nessa cestinha?
– Um pedaço de bolo, feito ontem pela mamãe, e uma garrafa de mel. Minha avó está muito doente e fraca. Isto vai deixá-la forte e saudável.
– Onde mora sua avó, Chapeuzinho?
– Nesta estrada mesmo. Naquela casa com três carvalhos e toda protegida por cerca viva. Você deve conhecer qual é.

O lobo pensou consigo: "Essa tenra menina é um delicioso petisco. Se eu agir rápido, posso comer a avó e depois a neta como sobremesa".

Então o lobo, para atrasar os passos da menina, disse-lhe:

– Perceba que lindas flores há na floresta! Por que você não presta atenção nelas? Você só caminha olhando para a frente. Observe ao seu redor e veja quanta beleza há na floresta.

Chapeuzinho então olhou à sua volta e viu a luz do sol brilhando entre as árvores. Ao notar o chão coberto por lindas flores coloridas, pensou: "Se eu levar um buquê de flores para a minha avó, ela vai ficar muito contente".

E, saindo do caminho, entrou na mata. Sempre que apanhava uma flor, via outra mais bonita adiante e ia apanhá-la. Assim, catando flores, foi entrando cada vez mais e mais na mata.

Enquanto isso, o malvado lobo correu à casa da avó de Chapeuzinho e bateu à porta.

– Quem está aí? – perguntou a velhinha.

– Sou eu, Chapeuzinho, vovó – falou o lobo disfarçando a voz. – Vim trazer um pedaço de bolo e uma garrafa de mel para a senhora. Abra a porta para eu entrar!

– Levante a tranca, que ela está aberta! Não posso me levantar, estou muito fraca – respondeu a vovó.

O lobo abriu a porta, pulou direto na cama da mulher e a engoliu, antes mesmo que ela pudesse vê-lo. Então vestiu as roupas dela, colocou sua touca na cabeça, fechou as cortinas da cama, deitou-se e ficou esperando a menina.

Enquanto isso, esquecida da vida, Chapeuzinho continuava colhendo flores na mata. Só retornou ao caminho da casa de sua avó quando lotou sua cestinha.

Ao chegar, ficou surpresa de encontrar a porta aberta. Cismada, caminhou até a sala. Tudo lhe parecia tão estranho que se perguntou:

– Por que estou com medo? Normalmente me sinto tão bem na casa da vovó.

Então, foi ao quarto da avó, que lhe pareceu muito esquisita deitada na cama com a touca a lhe cobrir o rosto:

– Oh, vovó, que orelhas grandes a senhora tem!

– É para te ouvir melhor, minha netinha – respondeu o lobo disfarçado de avó.

– Oh, vovó, que olhos grandes a senhora tem!

– É para te ver melhor.

– Oh, vovó, que mãos enormes a senhora tem!

– São para te abraçar melhor.

– Oh, vovó, que boca grande e horrível a senhora tem!

– É para te comer melhor – e, dizendo isso, saltou sobre a indefesa menina e a engoliu inteira.

Depois que encheu a barriga, o lobo voltou à cama, deitou, dormiu e começou a roncar muito alto.

Um caçador que ia passando ali perto escutou e achou estranho uma velhinha roncar tão alto, então decidiu ir dar uma olhada.

Quando viu o lobo, que ele procurava há muito tempo, deitado na cama, logo concluiu:

– Ele deve ter comido a velhinha. Mas talvez ela ainda possa ser salva. Por isso não posso atirar nele.

Então, ele pegou uma tesoura e abriu a barriga do lobo.

Quando começou a cortar, viu surgir o capuz vermelho da menina. Ele cortou ainda mais, e a menina pulou para fora exclamando:

– Eu estava com muito medo! Dentro da barriga do lobo é muito escuro!

E assim a vovó foi salva também.

Então Chapeuzinho pegou algumas pedras grandes e pesadas e colocou dentro da barriga do lobo.

Quando o lobo acordou e tentou fugir, as pedras estavam tão pesadas que ele caiu no chão e morreu.

E assim todos ficaram muito felizes.

O caçador pegou a pele do lobo. A vovó comeu o bolo e bebeu o mel que Chapeuzinho havia levado. E a menina disse para si mesma:

– Nunca mais vou me desviar do caminho nem desobedecer à minha mãe.

# Cinderela

**A MULHER DE UM HOMEM RICO** ficou muito doente. Ao perceber que a morte se aproximava, chamou sua única filha e recomendou:

– Seja sempre uma boa menina, querida! Nunca vou abandoná-la. Estarei no céu olhando por você.

Dias depois, ela piorou, morreu e foi sepultada no jardim da casa. A filha visitava o túmulo todos os dias, onde chorava de saudade.

Como era inverno, a neve cobriu o túmulo com uma manta branca. Mal o sol da primavera a derreteu, o homem se casou novamente.

A nova esposa possuía duas filhas, que também vieram morar com ele. Eram moças bonitas, mas tão más quanto a mãe.

— Não queremos essa preguiçosa sentada na sala! – as duas implicaram com a bela moça tão logo chegaram.

— Ela precisa trabalhar – argumentou uma.

— A cozinha é o melhor lugar para ela ficar – arrazooou a outra.

E as duas perversas, rindo muito, desvestiram-na de suas belas roupas e a enfiaram dentro de um velho vestido cinza. Amarraram um lenço na cabeça da moça e calçaram seus pés com sapatos de madeira. Depois, mandaram-na para a cozinha, onde ela trabalhava de manhã até a noite.

A coitada se levantava cedo para buscar água e lenha. Acendia o fogo, começava a cozinhar, lavava e arrumava a casa. Além desse árduo trabalho, ainda suportava a zombaria da madrasta e das duas moças. Por ela ter ficado sem quarto e cama com a chegada da madrasta e de suas filhas más, fora obrigada a dormir na cozinha, ao lado do fogão a lenha. Assim, vivia sempre suja de cinzas, e, por isso, passaram a chamá-la de cinza, cinzenta e por fim Cinderela.

Um dia, o pai estava indo à cidade e perguntou às duas enteadas o que desejavam que trouxesse.

— Belos vestidos – disse uma.
— Pérolas e joias – respondeu a outra.
— Um anel de brilhante – pediu a esposa.
— E você, Cinderela, o que quer?
— Traga-me o primeiro raminho de árvore que bater em seu chapéu quando estiver voltando para casa.

Na cidade, o homem comprou belos vestidos, pérolas, joias e anel de brilhante para as enteadas e a esposa. Quando voltava para casa, cavalgando pelo bosque, o raminho de uma árvore roçou seu chapéu. Ele o apanhou e o levou consigo. Ao chegar à sua casa, entregou às enteadas e à esposa o que elas pediram e para Cinderela deu o pequeno ramo.

A moça agradeceu. Foi até o túmulo de sua mãe e, ao lado, plantou o raminho. Depois chorou muito. Suas lágrimas regaram a pequena planta, que vingou e se transformou em uma frondosa árvore. Três vezes por dia, Cinderela sentava-se sob a sombra dessa árvore, onde chorava e rezava. Uma pombinha branca, que fez seu ninho na galhada da árvore, sempre conversava com ela e a confortava.

Um dia, o rei anunciou a realização de uma festa de três dias para a qual todas as moças do reino estavam convidadas. Nessa festa, o príncipe escolheria sua noiva.

As duas malévolas irmãs ficaram eufóricas com o convite. Chamaram a Cinderela e passaram a dar ordens e mais ordens:

– Passe nossos vestidos!

– Limpe nossos sapatos!

– Penteie nossos cabelos!

– Abotoe nossas roupas!

Triste, ela obedecia a todos os mandos. Quando as duas moças estavam prontas, Cinderela começou a chorar porque também queria ir ao baile. Assim, foi implorar à madrasta que a deixasse ir. A perversa mulher riu e zombou:

– Coberta de sujeira e cinza?! Você não tem roupas nem sapatos e muito menos sabe dançar.

Apesar da humilhação, como Cinderela continuou pedindo, a madrasta propôs:

– Despejarei um prato cheio de lentilhas pela cozinha inteira, e se, em duas horas, você conseguir recolher todas, poderá ir ao baile.

A moça foi até a porta dos fundos e chamou:

*– Amiga pombinha e todas
as outras aves do céu,
ajudem-me a catar as lentilhas!*

Atendendo ao pedido, a pombinha, acompanhada de outras tantas pombas, entraram pela janela da cozinha. Em seguida, muitas aves do céu vieram numa revoada e começaram o trabalho de recolher todas as lentilhas espalhadas. Em menos de uma hora acabaram o serviço e se foram.

Certa de agora poder ir ao baile, Cinderela levou o prato para a madrasta com todas as lentilhas. Mas a malvada não cumpriu sua palavra:

– Não! Você não tem roupas nem sabe dançar. Vai causar risos nos presentes.

Como Cinderela começou a chorar, a nefasta madrasta, certa de que, desta vez, ela não conseguiria, impôs outro desafio:

– Se você catar dois pratos de lentilhas em uma hora, aí, sim, poderá ir ao baile.

Quando a madrasta espalhou as lentilhas dos dois pratos cheios, por toda cozinha, a moça foi até a porta dos fundos e chamou:

*– Amiga pombinha e todas
as outras aves do céu,
ajudem-me a catar as lentilhas!*

Atendendo ao pedido, novamente, a pombinha e muitas aves do céu vieram numa revoada. Meia hora depois, acabaram de recolher as lentilhas e se foram.

Certa de ir ao baile, Cinderela estava muito feliz, mas a megera da madrasta voltou atrás na sua promessa:

– Não! Não sei onde eu estava com a cabeça quando prometi uma coisa dessas. Olhe para você! Sua presença seria motivo de risos. Se eu deixasse, você nos faria passar vergonha – disse isso, virou as costas e partiu com suas orgulhosas filhas.

Cinderela foi ao túmulo de sua mãe, pôs-se sob a árvore e disse:

*– Balance e se agite,
árvore adorada,
me cubra inteirinha
de ouro e prata!*

Mal terminou essas palavras, ficou vestida de ouro e prata e calçada com sapatos dourados. Assim, tão bela, apressadamente foi ao baile.

De tão bonita que estava com seu vestido de ouro e prata, a madrasta e as irmãs nem a reconheceram. Pensaram que fosse alguma princesa estrangeira.

Ao ver a linda Cinderela, o príncipe se apressou em convidá-la para dançar. Ela aceitou. Ele tomou sua mão e dançaram...

Após cada dança, não a deixava nem por um minuto. O tempo inteiro ficou ao seu lado. Não conversou nem dançou com outra moça e, aos nobres que a convidavam para dançar, ele se antecipava respondendo:

– Ela está comigo.

Sob os olhares de inveja da maioria das moças, o bonito casal dançou até tarde da noite. Quando ela quis ir embora, o príncipe se dispôs a levá-la, porque assim ficaria mais tempo ao lado dela para saber mais a seu respeito.

No entanto, ela optou por fugir, pois não queria mentir. Temia dizer a verdade e ser rejeitada. E mesmo com o príncipe no seu encalço, Cinderela conseguiu escapar e chegar à sua casa, onde se escondeu no pombal, trancando a porta.

Diante disso, o filho do rei ficou esperando até alguém chegar.

Quando o pai da moça apareceu, o príncipe lhe contou o ocorrido e que a desconhecida havia se escondido no pombal.

Arrombaram a porta e não acharam ninguém no local. Foram para a casa e encontraram Cinderela com suas roupas sujas, deitada nas cinzas, sob a luz mortiça de uma lamparina.

Ela havia escapado rapidamente pela parte de trás do pombal e corrido até a sua árvore. Lá tirou suas belas vestes, deixou-as sobre o túmulo de sua mãe e a pombinha as levou. Vestida com seu surrado vestido, voltou para casa e se deitou nas cinzas.

No dia seguinte, mais empetecadas do que na noite anterior, novamente, as três maldosas mulheres foram ao segundo dia da festa. Cinderela rumou até a árvore e disse:

> – Balance e se agite,
> árvore adorada,
> me cubra inteirinha
> de ouro e prata!

Pronto, ficou trajada com um vestido ainda mais bonito que o da véspera. Na festa, o príncipe a esperava ansiosamente. Quando ela desceu da sua carruagem dourada com seu novo vestido, ele correu para buscá-la, deu-lhe a mão para subir a escadaria de mármore do palácio e todos ficaram boquiabertos diante de tanta beleza. Naquela noite, assim como na anterior, sob o olhar de inveja das outras moças, Cinderela dançou todas as músicas com o príncipe.

Quando quis ir embora, o filho do rei a seguiu para ver em qual casa entraria. Mas ela escapou. Agilmente, subiu e se ocultou numa enorme pereira do jardim de sua casa. O príncipe olhou, olhou, mas não conseguiu ver onde ela tinha se escondido. Esperou até chegar o pai dela e disse a ele:

– Novamente, a linda desconhecida escapou de mim. Ela deve ter subido naquela pereira.

O pai pensou na Cinderela, todavia não disse nada. Para agradar ao príncipe, buscou um machado e derrubou a árvore. Não acharam ninguém por entre a galhada.

Foram para a casa e encontraram Cinderela, com suas roupas sujas, na cozinha. Ela havia descido pelo outro lado da pereira e corrido até a sua árvore. Lá desvestiu seu belo traje, deixou-o sobre o túmulo de sua mãe e a pombinha o levou. Então, vestiu sua roupa cinzenta e voltou para casa.

No terceiro dia de festa, assim que a madrasta e as irmãs saíram, Cinderela foi, mais uma vez, até o túmulo de sua mãe e disse para a árvore:

– *Balance e se agite,*
*árvore adorada,*
*me cubra inteirinha*
*de ouro e prata!*

Imediatamente viu-se em um vestido esplendidamente bordado com brilhantes. Quando ela chegou ao baile, todos emudeceram de admiração. O príncipe, completamente apaixonado, só dançou e teve olhos para ela. A todos os nobres que a convidavam para dançar, ele respondia orgulhosamente:
– Ela está comigo.

Na hora da Cinderela ir embora, o príncipe estava ansioso para acompanhá-la. Mas, como nas noites anteriores, ela escapou tão rápido que, mais uma vez, ele não conseguiu alcançá-la. Só que, desta vez, na pressa, ela perdeu um dos sapatos na escada do palácio. O príncipe pegou o sapatinho de ouro e, logo na manhã seguinte, disse aos seus súditos:

– Só me casarei com a dona deste sapato. Vamos testá-lo no pé das moças do reino até acharmos a sua dona.

Rapidamente, a notícia se espalhou e chegou à casa de Cinderela. Quando souberam, as filhas da madrasta pularam de alegria, pois possuíam pés pequenos. Acompanhada da sua mãe, a mais velha entrou no quarto com o sapato e tentou calçá-lo. Por causa do dedão do pé, o sapato ficou pequeno para ela. Inconformada, a mãe lhe deu uma faca e a instruiu:

– Corte esse dedão fora, pois, se você for rainha, não precisará andar a pé!

A moça cortou. Depois, forçou o pé para dentro do sapato e, disfarçando a dor, foi ver o príncipe. Ele a colocou na garupa de seu cavalo e saiu com ela, como se fosse sua noiva. Ao passar próximo do túmulo da mãe de Cinderela, a pombinha cantou na árvore:

– *Olha para trás, bonito rapaz!*
*Há sangue no sapato,*
*que é pequeno demais.*
*Tua noiva está um pouco atrás.*

Ele olhou para o pé da moça e viu sangue pingando. Então volteou o cavalo, regressou à casa da falsa noiva e mandou a outra irmã experimentar o sapato.

Os dedos dessa couberam sem problemas, mas seu calcanhar era largo demais para caber no sapato. Por isso, sua mãe lhe deu uma faca e exigiu:

– Corte um pedaço desse calcanhar, pois, se você for rainha, não precisará andar a pé!

A moça cortou. Forçou seu pé para dentro do sapato, disfarçou a dor e foi ver o príncipe. Ele a colocou na garupa de seu cavalo e saiu com ela como se fosse sua noiva. Mas, ao passarem pela árvore, a pombinha cantou:

*– Olha para trás, bonito rapaz!*
*Há sangue no sapato,*
*que é pequeno demais.*
*Tua noiva está um pouco atrás.*

Ele olhou o pé da moça e viu o sangue escorrendo pelo sapato e a meia manchada de vermelho. Desanimado, deu meia volta no cavalo e levou a falsa noiva para casa.

– Esta também não é a minha noiva – afirmou ele. – Vocês não têm outra filha?

– Não! – o homem respondeu e acrescentou: – Temos na cozinha a filha de minha ex-mulher, mas não é possível que seja ela.

O príncipe pediu para vê-la. A madrasta interferiu:

– De jeito nenhum. Ela está sempre muito suja. Vive coberta de cinza.

O filho do rei insistiu, e Cinderela foi chamada.

Ela tirou o lenço da cabeça, soltou seus longos cabelos, lavou as mãos e o rosto e, em reverência, curvou-se diante do príncipe, que lhe entregou o sapatinho. Ela se sentou em um pequeno banco, tirou dos pés o pesado sapato de madeira e calçou o sapatinho, que lhe serviu como uma luva.

O príncipe olhou seu rosto e reconheceu a bela moça por quem estava completamente apaixonado.

– Esta é minha verdadeira noiva – afirmou ele, beijando a mão de Cinderela.

A madrasta e suas filhas ficaram pálidas de inveja e ódio. Ele, entretanto, colocou Cinderela sobre seu cavalo e a levou consigo.

Ao passarem pela árvore, a pombinha cantou:

– *Saiba, bonito rapaz!*
*Com tua noiva tu estás!*
*No pé dela o sapato*
*nem é largo nem apertado.*

E, depois deste cantar, a pombinha voou para o palácio, onde o casal viveria feliz para sempre.

# João e Maria

Numa floresta, em cabana pobre, feita de troncos de árvores, morava um lenhador com sua segunda esposa e seus dois filhinhos, João e Maria, nascidos de seu primeiro casamento.

Uma grande crise assolava toda a região. A vida andava difícil para todos, pior ainda para aquela família que, de tão pobre, mal tinha o que comer. Tudo era muito caro, e não havia comida para todos.

Uma noite, logo que foram se deitar, inconformado com a situação, o marido pôs a mão na cabeça e perguntou à mulher:

– O que será de nós? Assim, morreremos de necessidade, e as crianças serão as primeiras...

– É verdade – ela admitiu e propôs: – Amanhã, levaremos João e Maria à floresta e lá abandonaremos os dois. Serão duas bocas a menos para comer aqui, onde a comida é pouca.

Diante dessa perversa proposta, o marido estranhou, coçou a cabeça se perguntando por que havia se casado com aquela megera e reagiu:

– O que você está dizendo? Como pode pensar isso? Não posso abandonar meus filhos sozinhos na floresta. Os animais selvagens matarão os dois.

– Se você não me ouvir, aí, sim, morreremos todos de fome.

Mesmo ele não aceitando aquele plano cruel, de tanto insistir, a mulher conseguiu convencê-lo.

No quarto ao lado, as duas crianças escutaram a conversa. Amedrontada, Maria começou a chorar baixinho, e João a tranquilizou, cochichando-lhe no ouvido:

– Não chore! Tenho uma ideia que vai nos ajudar.

Esperou o pai e a madrasta dormirem e saiu da cabana. A lua brilhava, e o menino catou um punhado de pedrinhas brancas, que brilhavam ao clarão do luar, e as guardou no bolso do casaco. Então, voltou para o quarto e confortou a irmã:

— Durma em paz! Deus não nos abandonará! – afirmou e se deitou.

Ao amanhecer, a madrasta veio acordá-los:

— Levantem, preguiçosos! Vamos à floresta apanhar lenha. Aqui está um pedaço de pão para cada um comer na hora do almoço. Não comam antes, porque vão ficar sem nada ao meio-dia.

Maria guardou os dois pedaços no seu avental, pois os bolsos do irmão estavam cheios de pedras. Puseram-se a caminho. Depois de andarem um grande tanto, Joãozinho parou e olhou para trás. Aí, seu pai perguntou:

— Que tanto você olha para trás?

— Olho para minha gatinha branca que está sentada em cima do telhado, dizendo-me adeus.

— Bobo! – criticou a madrasta. – Não é a sua gatinha. É o sol batendo na chaminé.

Mas João não olhava para a sua gata. Atrasava-se, lançando as pedrinhas que carregava no bolso para marcar o caminho.

Ao chegaram ao meio da floresta, o pai disse:

– Agora, amontoem alguns galhos! Vou fazer uma fogueira para aquecê-los do frio.

Logo que as chamas estavam altas, a mulher mandou:

– Descansem, enquanto vamos à floresta cortar lenha! Durmam se sentirem sono. Ao final da tarde, viremos buscá-los.

Ao meio-dia, cada um comeu seu pequeno pedaço de pão e dormiram. Acordaram à noitinha. Temerosa com a situação, Maria começou a chorar e quis saber como iam sair dali.

Joãozinho a consolou:

– É só esperar a lua sair, que encontraremos o caminho de casa.

Quando a lua cheia se instalou luminosa no céu, Joãozinho tomou a mão da irmã e os dois seguiram as pedrinhas, que brilhavam, mostrando-lhes o caminho de volta para casa.

Sentindo remorso por tê-los abandonado na floresta, o pai não dormiu à noite inteira. Por isso alegrou-se de ver os filhos, novamente, em casa. Mas a perversa madrasta, disfarçando suas maldosas intenções, mostrou-se nervosa e ralhou:

– Crianças desobedientes, por que ficaram tanto tempo na floresta? Pensamos que nem voltariam mais!

Por sorte, a situação melhorou por um tempo, e João e Maria puderam continuar morando com o pai e a madrasta. No entanto, não demorou muito, e tudo começou a desandar e voltou a faltar comida.

Numa noite, as crianças ouviram a madrasta queixar-se para o marido:

– Só nos resta um pão. Vamos levar as crianças para bem mais longe do que da outra vez. Assim, elas não encontrarão o caminho de volta. Não temos outro jeito de sobreviver. Sem eles, serão duas bocas a menos para comer.

O homem de coração apertado tentou convencê-la, mas não obteve êxito.

Ao perceber que o casal já dormia, como da outra vez, o menino se levantou para ir pegar pedrinhas, mas a malvada mulher havia trancado a porta e ele não pôde sair.

Maria chorou, e João a confortou:

– Calma, maninha! Deus nos guiará!

Na manhã seguinte, a mulher deu um pedaço de pão para cada um deles e partiram. Com a intenção de marcar o caminho ao longo da floresta, João ia esfarelando o pão dentro do bolso e, muitas vezes, parava para lançar migalhas no chão.

– Que tanto você olha para trás? – o pai perguntou ao menino.

– Meu pombo está sentado no telhado e quer se despedir de mim – mentiu.

– Bobo! – censurou a madrasta. – Não é o seu pombo. É o sol da manhã brilhando na chaminé.

João, no entanto, pouco a pouco, ia demarcando o caminho com as migalhas de pão.

Assim, as duas crianças foram levadas para o interior da floresta, em um lugar onde nunca estiveram.

Como da primeira vez, o pai fez uma fogueira. A madrasta mandou os dois se sentarem ao lado das chamas. Disse que, se sentissem sono,

poderiam dormir, pois ela e o marido iriam cortar madeira e depois viriam buscá-los.

Ao meio-dia, Maria dividiu seu pedaço de pão com o irmão, que havia espalhado o dele pelo caminho. Em seguida, exaustos como estavam, dormiram. Acordaram ao anoitecer. Novamente, estavam abandonados na floresta. João consolou a irmã, afirmando:

– Não chore! Nós encontraremos o caminho.

Mal a lua brilhou no céu, João pegou a mão da irmã e disse:

– Vamos para casa, maninha!

Mas... que desilusão! Não acharam sequer uma migalha de pão. Os passarinhos comeram todas durante o dia.

Sem saber qual o rumo que deviam seguir, os dois irmãozinhos vagaram a esmo, até de madrugada, pela floresta, ficando cada vez mais perdidos. Cansados e com fome, deitaram-se embaixo de uma árvore e adormeceram.

Acordaram com o sol queimando o rosto e começaram a andar novamente. Por volta do meio-dia, avistaram um pássaro branco como a neve, pousado em um galho. Ele cantava tão maravilhosamente que os obrigou a parar para ouvi-lo. Ao terminar seu canto, o pássaro abriu asas e voou... As crianças o seguiram. Ele pousou no telhado de uma linda casa dentro de uma clareira na mata alta. Assim que se aproximaram, João, boquiaberto com o que via, gritou empolgado:

– É de comer!

A casa possuía paredes de pão de ló, telhado de bolo, com janelas emolduradas de barras de chocolate, degraus de biscoitos, canteiros de doces no jardim e muitos pirulitos cravejados em portas e batentes.

– Vamos ter uma boa refeição – disse o menino, dando uma bocada na aba do telhado.

Maria devorou parte da moldura de uma janela e já avançava para comer os doces dos canteiros do jardim quando uma vozinha, vinda de dentro da casa, indagou:

– Quem está comendo a minha casinha?

As crianças responderam:

– É o vento no céu nascido – e continuaram comendo, sem se perturbar, pois estavam com muita fome.

De repente, a porta foi aberta, e apareceu uma velha muito feia, apoiada em duas muletas. Assustadas, as crianças pararam de comer e deixaram cair o que tinham nas mãos. A velha, entretanto, olhou-os com bondade:

– Queridas crianças! Quem trouxe vocês aqui? Entrem e me façam companhia. Vocês vão adorar a minha casinha – e foi conduzindo-as para dentro; na sala havia uma mesa forrada de panquecas doces recheadas com maçãs e nozes.

Depois arrumou duas camas bonitas, com cobertas brancas e limpas. João e Maria pensaram que estavam no céu.

A velha apenas fingiu ser amável. Pois, na realidade, era uma bruxa má, que vivia esperando crianças para comê-las. Construíra aquela casinha de doces com esse propósito. A criança que caía em seu poder, ela matava, cozinhava, fritava ou assava e comia.

Na manhã seguinte, ela olhou para os dois dormindo. Achou-os bonitos e saudáveis, com suas rechonchudas e rosadas bochechas. Então, murmurou para si mesma:

– Que bela refeição vou ter se eu engordá-los mais um pouco!

Com sua mão atrofiada, agarrou Joãozinho e o levou até o estábulo, onde o prendeu. Voltou, deu um safanão na Maria, que ainda chorava na cama, e berrou:

– Levante-se, preguiçosa! Vá buscar água e cozinhe algo para o seu irmão, que está no estábulo e precisa engordar para eu comê-lo inteiro.

Como a menina não parava de chorar, a bruxa puxou-lhe as orelhas e mandou:

– Pare com essa choradeira e comece a trabalhar!

Todos os dias, Maria cozinhava para o João ficar gordo. E, de manhã, a bruxa ia até a grade do estábulo e gritava:

– Estique o dedo! Quero ver se você engordou.

Espertamente, em vez do dedo, o menino mostrava um ossinho seco que havia achado. E, como a bruxa enxergava pouco, acreditava que ele não engordava. Depois de quatro semanas, ela estava impaciente e resolveu não esperar mais que o Joãozinho engordasse. Então, a maldita riu sua risada de bruxa e anunciou a quem quisesse ouvir:

– Hoje, gordo ou magro, mato esse menino e faço dele um bom assado. Vou comê-lo inteiro até vomitar.

Apavorada, Maria começou a chorar e a implorar pelo seu irmãozinho. A bruxa lhe deu um safanão e ordenou:

– Pare com isso, menina preguiçosa, e me traga um balde de água!

A menina foi ao poço, lamentando e rogando:

– Deus, seria melhor se os animais selvagens tivessem nos devorado juntos do que ver meu irmão morrer sem eu poder salvá-lo dessa bruxa!

Ao voltar, a bruxa já estava com o forno quente.

– Primeiro, vamos assar o pão! – disse a velha, enfarinhando a massa, e, com a intenção de empurrar a Mariazinha para dentro do forno quente, ordenou:

– Veja se o forno já está quente!

– Não sei fazer isso – resistiu a menina.

– Basta olhar – disse a feiticeira, enfiando a cabeça dentro do forno. Então Mariazinha deu-lhe um empurrão, e a bruxa foi parar dentro do forno. Aí, a menina fechou a porta de ferro. A bruxa gritou, esperneou e foi queimada até morrer.

Com a velocidade do brilho de um raio, Maria correu até o estábulo, saltitante de alegria, soltou o irmão e anunciou:

– Empurrei a malvada no forno. Ela está morta, João. Estamos salvos, meu irmão!

O menino saltou para fora do estábulo. Os dois se abraçaram e pularam de contentamento.

– Você é muito esperta, Maria! Vamos entrar na casa da bruxa...

– Não! – a menina o deteve.

– Agora não precisamos mais ter medo dela – justificou o irmão.

Entraram e foram para quarto da malvada, onde havia baús lotados de pérolas, ouro, joias e pedras preciosas.

– Estas pedras são mais bonitas do que as do quintal lá de casa – brincou Joãozinho, enchendo os bolsos.

– Veja quantas peguei! – disse a irmã, mostrando os bolsos do avental explodindo de tantas joias e pedras preciosas.

– Agora temos de ir embora – convocou o irmão.

Depois de duas horas de caminhada, chegaram à margem de um rio muito largo e profundo.

– Não podemos cruzá-lo – desconsolado, lamentou o menino. – Não dá pé e não há ponte.

– Nem sequer existe uma balsa – lastimou Maria. Mas, olhando para o outro lado, exclamou: – Olhe aquele pato branco nadando! Ele pode nos ajudar – afirmou, chamando-o:

*– Amigo pato, precisamos atravessar,*
*mas este rio não tem ponte nem barco,*
*não sei o que faço.*
*Você pode nos ajudar?*

O pato veio até eles. João sentou-se sobre as suas costas e chamou a irmã para seguir com ele.

– Não! – disse ela e ponderou: – Vá primeiro! Nós dois juntos seremos muito pesados para esse patinho.

Assim foi feito: primeiro atravessou o João e em seguida a Maria. Depois eles caminharam uns tantos quilômetros pela floresta, que foi se revelando mais e mais familiar à medida que se aproximavam da casa paterna. Finalmente, avistaram, ao longe, a casa onde moravam. Então puseram-se a correr e se atiraram ao redor do pescoço do pai.

O homem chorou de felicidade por rever os filhos. Pediu-lhes perdão por tê-los abandonado e lhes contou que a madrasta havia morrido.

João e Maria esvaziaram os bolsos, exibindo a fortuna que trouxeram.

A partir desse dia não precisaram mais temer a miséria e os três viveram felizes para sempre.

# O Alfaiate Valente

Numa manhã de verão, um pequeno alfaiate estava sentado em seu banco perto da janela, trabalhando animadamente, quando uma vendedora, descendo a rua, apregoou:

– Geleia! Olhe a boa geleia! Quem quer comprar geleia?

Como estava com fome, o homem decidiu pôr a cabeça para fora da janela e chamar:

— Ei, senhora! Por favor, venha até aqui!

A mulher subiu os três lances da escada com o cesto pesado e mostrou todos os potes para o alfaiate. Ele examinou um a um e se demorou a decidir. Depois de um tempo, finalmente, concluiu:

— Quero um quarto de quilo desta que me parece boa.

A mulher atendeu ao pedido, mas foi embora reclamando, pois esperava vender além daquele tanto.

Empolgado com a aquisição, lambendo os lábios, o alfaiate afirmou:

— Esta geleia é tudo de que estou precisando. Ela me dará força e energia.

Foi ao armário, pegou um filão de pão, cortou uma fatia, espalhou um tanto de geleia sobre ela e exclamou:

— Parece muito boa! Mas, antes de comer, quero terminar de forrar aquele casaco.

Colocou o pão perto dele e voltou a costurar cheio de ânimo.

O cheiro da geleia propagou-se pela sala inteira, atraindo um grande número de moscas que estavam na parede e vieram pousar no pão.

— Ei! Quem convidou vocês? – indagou, espantando as moscas, que nada entenderam nem o temeram, por isso continuaram mordiscando o pão com geleia.

Isso irritou o alfaiate, que pegou um pedaço de pano e gritou:

– Tomem o que vocês merecem! – e bateu o pano sobre elas, sem piedade. Quando olhou sobre a mesa, havia matado sete.

– Eu sou o cara! – empolgou-se, admirado do seu feito. – A cidade inteira deve saber disso.

Apressadamente, cortou uma faixa de tecido e bordou com letras grandes: MATA SETE DE UM SÓ GOLPE.

Então, atravessou a faixa sobre o peito e, pulando de alegria, orgulhoso do que julgava bravura, disse para si mesmo:

– Só a cidade não basta. O mundo inteiro precisa saber deste meu feito! – e começou a julgar sua oficina pequena para sua valentia. Concluiu ser melhor pôr o pé na estrada. Antes de ir, procurou pela casa algo de útil para levar consigo. Só encontrou um queijo velho, que apanhou e guardou no bolso. Na porta da frente, viu um passarinho se debatendo preso em um arbusto. Pegou-o e o colocou no bolso, junto com o queijo. Depois partiu com tanta disposição que poderia dar a volta ao mundo.

Quando chegou numa montanha, subiu ao topo. Lá encontrou um gigante sentado, tranquilamente, observando a paisagem. Corajosamente, foi até ele e disse:

– Bom dia, camarada! Você está aí sentado só vendo ao seu redor. Pois eu prefiro rodar o mundo e fazer fortuna. Quer vir comigo?

O gigante olhou para ele com desprezo e respondeu:

– Você não é nada. Não passa de um homenzinho insignificante.

– Leia aqui e você saberá quem sou! – disse o alfaiate, desabotoando o paletó e mostrando-lhe a faixa atravessada no peito.

O gigante leu: MATA SETE DE UM SÓ GOLPE. Pensando que se tratasse de homens e não de moscas, sentiu mais respeito por ele. Mesmo assim, o gigante quis testá-lo. Para isso, pegou uma pedra e a espremeu até ela soltar gotas de água.

– Mostre-me que você tem força, fazendo o mesmo que eu fiz! – desafiou o gigante.

– Isso é fácil – desvalorizou o alfaiate e, prontamente, enfiou a mão no bolso, tirou o queijo e o apertou, com tanta força, que o soro espirrou. – Que achou de mim?

O gigante não sabia o que dizer. Não podia acreditar que aquele pequeno homem tivesse tanto vigor. Para tirar a dúvida, o gigante pegou outra pedra e a lançou com tanta força, que ela se perdeu de vista.

— Belo arremesso! – aplaudiu o alfaiate. – Pena que caiu de volta no chão – zombou e emendou vantagem: – Vou arremessar uma que não vai voltar nunca. Então, enfiou a mão no bolso, tirou o passarinho que tinha encontrado preso no arbusto e o lançou no ar.

O pássaro voou e não voltou mais.

— Que você achou, companheiro?

— Muito bem! – admirou o gigante. – Agora veremos sua força para carregar peso.

Levou o alfaiate até um grande carvalho que estava derrubado no chão e fez o seguinte desafio:

— Se você é forte o suficiente, ajude-me a transportar esta árvore.

— Sem problema – respondeu o pequeno homem. – Você carrega o tronco e eu levo os ramos com as folhas, que são mais pesados.

Enquanto o gigante levava o tronco em seu ombro, o alfaiate sentou-se nos ramos. Como o gigante não podia ver o que estava acontecendo, sem saber, carregava a árvore inteira e mais o alfaiate, que ia sentado feliz, assobiando uma música.

Depois de caminhar muito, o gigante, cansado, anunciou:

— Cuidado! Vou soltar a árvore!

Agilmente, o alfaiate saltou, agarrou os galhos, como se estivesse carregando, e zombou:

— Você, um cara tão grande, não tem força nem para carregar uma árvore!

 Juntos, seguiram pela estrada afora. Logo, encontraram uma cerejeira carregada de frutas. O gigante avançou o braço até a copa da árvore, onde estavam os frutos mais maduros. Arqueou o galho até o chão a fim de que o companheiro também pudesse comer. Mas o alfaiate era fraco para segurar o galho rebaixado. Bastou o gigante soltar o ramo para o vanglorioso "mata sete" voar pelos ares. Quando o alfaiate se espatifou no chão, o gigante lhe perguntou:
 – Ué, você não tem força nem para segurar um galhinho desses?
 – Isso não é falta de força – respondeu, todo garganta. – Pulei para me livrar dos tiros dos caçadores que estão caçando por aqui. Você é capaz de pular como eu?
 O gigante experimentou, mas não conseguiu saltar por cima da árvore. Ficou enroscado na galhada, e, assim, mais uma vez, o alfaiate levou vantagem.
 – Tudo bem – admitiu o gigante e propôs: – Se você é tão valente, venha pernoitar na minha caverna.
 O alfaiate foi.
 Na caverna havia outros gigantes. Estavam sentados perto do fogo, cada qual comendo um carneiro assado. O alfaiate olhou ao redor e, apesar da enormidade do lugar, arrazoou:
 – Isto aqui é tão pequeno como a minha alfaiataria.
 O gigante lhe indicou uma cama para que dormisse nela. No entanto, como ela era muito grande, ele se deitou num cantinho.
 À meia-noite, o gigante, julgando que seu hóspede dormia profundamente, levantou-se, pegou uma barra de ferro grande e golpeou o meio da cama, certo de estar matando o alfaiate.

Esquecidos completamente do pequeno homem, ao amanhecer, os gigantes foram para a floresta. Ao vê-lo caminhando despreocupadamente por entre as árvores, ficaram tão aterrorizados de serem mortos por ele que fugiram apressadamente.

Com a cabeça nas nuvens e seguindo seu nariz, o alfaiate continuou em frente.

Depois de muito andar, chegou ao pátio de um palácio. Como se sentia cansado, deitou-se na relva e adormeceu.

Enquanto dormia, serviçais do palácio se aproximaram e leram na sua faixa: MATA SETE DE UM SÓ GOLPE.

– O que esse grande guerreiro faz aqui em tempo de paz? – curiosos, perguntaram uns aos outros.– Deve ser um poderoso senhor – pensaram.

E foram contar ao rei que encontraram o homem ideal, caso estourasse alguma guerra. Recomendaram ser bom mantê-lo a qualquer preço. O rei gostou do conselho e enviou um dos seus homens para convencer o alfaiate, quando ele acordasse, a servir no exército real. O embaixador ficou ao lado do dorminhoco, esperando que ele acordasse. Mal o alfaiate estendeu seus braços e abriu os olhos, o mensageiro real lhe contou por que estava ali.

– Por isso vim aqui! – vangloriou-se o alfaiate, batendo no peito como se fosse o salvador da pátria. – Estou pronto para servir o rei.

Então, foi recebido com todas as honras e ganhou uma casa especial para morar próximo do palácio.

No entanto, os soldados do rei ficaram com inveja e desejaram vê-lo a milhares de quilômetros de distância. Reuniram-se e se puseram a conjeturar:

— O que devemos fazer? Se brigarmos, ele liquida sete de nós em um só golpe.

Decidiram ir até o rei e pedir exoneração. Assim, foram, chegaram e justificaram:

— Nunca tivemos a intenção de servir ao lado de um homem que matou sete de um só golpe.

O rei não quis perder todos aqueles servidores, sempre tão fiéis, por um só homem. Desejou nunca ter visto o alfaiate e, se pudesse, gostaria de se livrar dele. Entretanto, por temer que ele matasse todo o seu povo e se sentasse no trono real, não se atrevia a mandá-lo embora. Pensou muito a respeito até concluir por fazer uma proposta que o alfaiate, por ser um grande herói de guerra, não pudesse recusar. Mandou chamá-lo e lhe contou que numa floresta de seu país moravam dois gigantes causadores de grandes transtornos para o reino, com seus roubos, assassinatos e incêndios. Ninguém podia se aproximar deles, sem correr perigo. Por isso, se o alfaiate conseguisse matar os dois gigantes, ele lhe daria a sua única filha em casamento e mais a metade do reino como dote. Prometeu ainda cem cavaleiros para ajudá-lo na empreitada de derrotar os dois gigantes.

— Isso seria bem importante para mim – ponderou o alfaiate. – Uma linda princesa e metade de um reino não nos oferecem todos os dias, por isso, vou aceitar. Mas não preciso de cem cavaleiros, porque alguém como eu, que matou sete de um só golpe, não tem medo de dois gigantes.

Isso era tudo o que o rei queria, e, assim, o alfaiate partiu sozinho, sem os cem cavaleiros.

Ao se embrenhar na floresta, olhou à direita e à esquerda. Depois de ter caminhado um bom tanto, encontrou os dois gigantes dormindo debaixo de uma árvore. Roncavam tão alto que sacudiam os ramos.

Então, ele encheu seus bolsos com pedras e subiu na árvore, indo se instalar em um galho bem em cima dos gigantes dormindo. Dali, ficou jogando uma pedra após a outra no peito de um dos gigantes.

Finalmente, um dos gigantes acordou, empurrou seu companheiro e perguntou ofendido:

– Por que você está me batendo?

– Você está sonhando – respondeu o outro. – Nem relei em você.

E os dois voltaram a dormir.

O alfaiate lançou outras pedras sobre o outro gigante.

– Que isso? Por que você está atirando pedras em mim? – o outro gigante quis saber do primeiro reclamante.

– Não estou atirando nada – respondeu o primeiro, resmungando.

Então, começaram a discutir.

Mas como estavam cansados, concordaram ser melhor dormir. Assim, cada qual virou para o seu lado e caíram no sono.

Novamente, o alfaiate começou seu jogo, lançando pedras maiores ainda.
– Chega! Isso é demais – urrou um dos gigantes, pulando como um louco sobre seu companheiro e o empurrando contra uma árvore. Ferozmente, o outro revidou, e os dois brigaram com muita fúria, lançando troncos de árvores um sobre o outro. Assim, logo os dois estavam mortos no chão.
– Que sorte eles não terem tocado nesta minha árvore! – exclamou o alfaiate, saltando para o chão. – Porque, se a tivessem arrancado, teriam de enfrentar este valente que já matou sete de um só golpe – falou, exibindo seus músculos para si mesmo.
Após isso, desembainhou sua espada e deu algumas espetadas no peito de cada gigante.
Então, seguiu rumo ao palácio para cobrar a recompensa prometida pelo rei. No caminho, encontrou com os cavaleiros do rei e lhes afirmou:
– Já fiz o meu trabalho. Mesmo sendo uma luta muito difícil, matei os dois gigantes. Eles até arrancaram árvores e as lançaram sobre mim, mas isso não é nada para um homem como eu que já matei sete de um só golpe.
– Você não está ferido? – admirado, perguntou o chefe da tropa.
– Não! – respondeu e emendou vantagem. – Nem sequer desmancharam os meus cabelos penteados de manhã.
Os cavaleiros não acreditaram e entraram na floresta para confirmar se era verdade. Encontraram os gigantes mortos no meio de enormes árvores arrancadas.

Ao tomar conhecimento do acontecido, o rei, arrependido da promessa que havia feito, procurou novo plano para se livrar daquele herói:

– Antes de casar com a minha filha e ser dono da metade do reino, você deve fazer mais um ato heroico.

– Estou à sua disposição.

– Na floresta vive um unicórnio que faz grandes estragos, e você precisa capturá-lo.

– Isso é muito fácil para alguém como eu. Já matei dois gigantes e sete de um só golpe. Resolvo essa parada num piscar de olho – vangloriou-se.

Então, pegou uma corda, um machado e foi para a floresta. Lá chegando, ordenou aos seus acompanhantes que o esperassem ali, enquanto ele ia ao encalço do unicórnio.

Não precisou esperar muito tempo para surgir o animal, com a boca espumando, sedento de desejo para varar o corpo do alfaiate com seu pontudo chifre.

– Calma! Calma! Não seja apressado! – comandou, paralisado, sem movimentar sequer um fio do seu cabelo, o pequeno homem.

Com força e velocidade, o bicho veio com tudo para atacá-lo. O alfaiate desviou o corpo de tal maneira, que o animal enterrou seu afiado chifre profundamente no tronco de uma árvore e ficou sem força suficiente para retirá-lo de volta.

– Agora te peguei – comemorou, colocando a corda no pescoço do unicórnio. Depois, pegou o machado, cortou-lhe o chifre para soltá-lo da árvore e o levou para o rei.

Mesmo assim o rei não quis lhe dar a recompensa prometida e fez a terceira exigência. Determinou que, antes do casamento, o alfaiate precisaria capturar um javali, causador de grandes estragos na floresta. Para tamanha empresa, o rei mandaria caçadores acompanhá-lo.

– Para mim isso é muito fácil.

De bom grado ele aceitou. Mas recusou levar os caçadores para o mato, coisa que alegrou os homens, pois o javali já havia matado alguns dos amigos deles.

Ao vê-lo, o javali avançou, querendo jogá-lo por terra. Mas, saltando por uma janela, o herói fugiu para dentro de uma capela. O animal correu atrás dele e, como era pesado para saltar pela janela, deu a volta e entrou pela porta. Com esperteza, o alfaiate pulou para fora por outra janela, correu e trancou a porta, prendendo o javali dentro da capela.

Em seguida, apressou-se para ir falar com o rei, que, agora, mesmo inconformado, teve de manter sua promessa de dar a filha em casamento e a metade do seu reino. Claro que, se soubesse que aquele homem não era um herói de guerra, mas um simples alfaiate, com certeza ficaria mais indignado ainda.

O casamento foi realizado com grande pompa e pouca alegria. Naquele mesmo dia, o alfaiate foi coroado rei. Uma noite, a jovem rainha ouviu seu marido, em um sonho, dizer:

– Costure esse colete e arremate as calças senão puxo suas orelhas, rapaz!

Então, ela descobriu que ele não era o herói que todos pensavam ser. Assim, ao amanhecer, ela foi contar tudo ao seu pai e pedir que a libertasse daquele homem que não passava de um alfaiate.

O rei prometeu ajudá-la e a orientou:

– Esta noite não tranque a porta do seu quarto. Quando seu marido estiver dormindo, meus soldados entrarão e o prenderão com correntes. Em seguida, levarão esse homem para bordo de um navio, que o conduzirá para o fim do mundo.

A mulher ficou satisfeita, mas seu escudeiro, que ouviu tudo e já simpatizava com o novo rei, foi contar detalhadamente a ele.

– Obrigado! – agradeceu o alfaiate. – Vou pôr fim nesta história.

À noite, como de costume, deitou-se com a mulher na cama. Julgando que ele já estivesse dormindo, ela se levantou, destrancou a porta e deitou-se novamente. O alfaiate, fingindo sonhar, começou a gritar:

– Rapaz, costure esse colete e o paletó, do contrário quebro sua cara. Já matei sete de um só golpe, acabei com a vida de dois gigantes, cacei um unicórnio e prendi um javali. Com tudo isso que fiz, vai ser fácil eu liquidar todos esses homens que estão aí do lado de fora.

Ao ouvir isso, os soldados do rei correram de medo, e nunca mais ninguém se atreveu a mexer com o alfaiate, que, deste modo, manteve-se rei para o resto da vida, acabou conquistando sua esposa e toda a população daquele reino.

# O Príncipe Sapo

    Antigamente, houve um rei que possuía três lindas filhas. Mas a caçula era tão bela que mesmo o Sol, acostumado a ver tanta beleza no mundo, ficava admirado quando brilhava sobre o rosto dela.

    Junto ao palácio desse rei existia uma grande floresta com formoso lago. Por isso, nos dias quentes, a bela princesa se sentava na beira da água para se refrescar. Quando se cansava, punha-se a brincar com sua bola dourada, lançando-a ao ar, agarrando-a e jogando-a novamente, pois este era seu passatempo favorito.

Uma tarde, a bola dourada não voltou para suas mãos. Caiu no chão e rolou para a água. A princesa ficou olhando a trajetória da bola, que desapareceu no fundo do lago. Então, ela começou a chorar alto e mais alto.

De repente, no meio daquela choradeira, ouviu uma voz que lhe perguntou:

– Por que chora, princesa? Suas lágrimas comovem até as pedras.

Ela olhou para ver de onde vinha a voz e avistou um sapo, de cabeça grossa e feia, estendido na beira da água.

– Oh, sapo! Choro pela minha bola dourada que caiu no lago.

– Pare de sofrer tanto, que eu resolvo isso com facilidade. Mas o que você me dá em troca para eu buscar sua bola de ouro?

– Tudo o que quiser, amigo sapo. Dou minhas roupas, pérolas, joias e, até mesmo, a coroa de ouro que uso.

Sem pestanejar, o sapo respondeu:

– Não me interesso pelas suas roupas, pérolas, joias e coroa de ouro. Para buscar sua bola, quero que me ame, deixe-me comer no seu prato de ouro, beber na sua taça cravejada de brilhantes e dormir na sua cama forrada de sedas.

– Oh, sim! – admitiu a moça. – Prometo fazer tudo isso se você trouxer minha bola de volta.

Isso ela garantia, mas pensava bem diferente: "Como ele fala bobagem! Não sabe fazer nada, além de sentar na água e coaxar igualzinho aos outros sapos".

Por sua vez, mal ouviu a promessa, o sapo mergulhou fundo. Em pouco tempo voltou nadando com a bola na boca e a atirou sobre a grama.

A princesa saltou de alegria por ter seu brinquedo predileto de volta. Agarrou a bola e saiu correndo para o palácio.

– Espere! Espere! – gritava o sapo, saltando atrás dela. – Não posso correr depressa como você.

Mas não adiantou. O sapo ficou coaxando, coaxando... sem que a princesa, ao menos, olhasse para trás. Ela seguiu seu caminho e logo se esqueceu do acontecido.

No dia seguinte, quando o rei e toda a corte banqueteavam-se no palácio, ouviram um forte coaxar na escadaria de mármore branco.

Logo em seguida, alguém bateu à porta e gritou:
– Princesa mais nova, deixe-me entrar!
Ela depositou seus talheres de ouro sobre a mesa, afastou seu prato de ouro, levantou-se da mesa e correu para ver quem era. Abriu a porta e se deparou com o sapo. Então, fechou a porta rapidamente e voltou à mesa, bastante assustada. O rei percebeu que o coração dela batia acelerado de susto e lhe perguntou:
– Querida, o que a preocupa? Por acaso há algum gigante do lado de fora pronto para levá-la de nós?
– Não, papai! – respondeu ela. – Não é um gigante, mas um sapo nojento.
– O que ele quer?
– Ontem, quando eu brincava à beira do lago, minha bola de ouro caiu na água. Enquanto eu chorava, esse sapo apareceu e se prontificou a trazer minha bola de volta se eu prometesse que seria sua companheira. Pensando que ele não pudesse viver fora da água, dei minha palavra. Agora ele está aí e quer vir morar comigo.

Nisso, pela segunda vez, todos ouviram as batidas na porta e a voz que pedia:

*– Jovem princesa,
deixe-me entrar.
Você prometeu
ao meu lado ficar.*

– Se você prometeu, tem de cumprir, minha filha – sentenciou o rei.
A moça foi abrir a porta, e o sapo pulou para dentro e a seguiu até a cadeira. Quando ela se sentou, ele gritou:
– Levante-me até você para eu sentar ao seu lado!
Ela hesitou até o rei mandá-la atender ao pedido.
Quando o sapo estava na cadeira, quis subir sobre o tampo da mesa. Mesmo contrariada, ela acolheu ao pedido. Mas ele quis mais:
– Agora, puxe um pouco seu prato de ouro para cearmos juntos!

Isso ela fez com imensa má vontade.

O sapo se fartou, enquanto ela não conseguiu engolir nada. Em seguida, ele disse:

– Comi demais, agora preciso descansar. Leve-me ao seu quarto, prepare sua cama com lençóis de seda e vamos dormir.

Sentindo asco do sapo, que agora queria dormir em sua cama limpa e cheirosa, a princesa começou a chorar.

O rei ficou bastante irritado e ordenou:

– O que você prometeu na hora de apuro tem de cumprir agora.

Com dois dedos, ela agarrou o sapo, carregou-o para cima e colocou-o num canto do seu quarto.

Ao vê-la na cama, ele veio saltando, subindo e dizendo:

– Estou cansado. Quero dormir com você. Deite-me aí na cama ou conto ao seu pai.

A moça enlouqueceu de raiva, pegou o bicho e o atirou, com toda a força, contra a parede:

– Cale a boca, seu horroroso!

Mas, ao cair, o sapo se transformou em um belo príncipe.

Ele contou ter sido encantado por uma bruxa. A malvada o havia condenado a viver como sapo no lago, até o dia em que aquela bela princesa se apaixonasse por ele. Por isso, agora, como havia recebido o sim da moça, desejava o consentimento do rei para se casar com ela e seguirem viagem até o rico reino do pai do príncipe.

Na manhã seguinte, com a aprovação do rei, o formoso casal partiu numa carruagem puxada por oito cavalos brancos, com plumas na cabeça, sela e arreios adornados de ouro e estribo de prata conduzida por Henrique, fiel criado do príncipe.

Mal a carruagem deu a partida, o príncipe ouviu o som de algo se rompendo e gritou:

– Henrique, alguma coisa está se partindo na carruagem!

– Não se preocupe, meu senhor! – respondeu o criado. – É o meu coração se livrando das amarras da dor que eu sentia desde quando o transformaram em sapo e o prenderam no lago.

E, para dias mais felizes, seguiram...

# O Peixinho Dourado

ERA UMA VEZ um pescador que morava com sua esposa em um pequeno casebre, perto do mar. Todos os dias ele ia pescar. Numa manhã, estava sentado no seu barco, com a vara de pescar de prontidão, distraidamente admirando a beleza da transparência da água, quando sentiu que sua linhada foi puxada para o fundo. Imediatamente, ele retomou a linha e viu que havia fisgado um peixe pequeno, belo e dourado.

— Por favor, pescador, deixe-me viver – pediu o peixinho. – Não sou um peixe de verdade. Sou um príncipe encantado. Que adianta você me matar? Não sirvo para comer. Coloque-me de volta na água para eu ir embora.

— Bem... – murmurou o homem. – Não preciso de tantas explicações. Pode ir! – disse isso e colocou o peixe de volta na água clara.

O peixe mergulhou fundo, desenhando, atrás de si, um longo traço de sangue.

À tarde, quando voltou para casa, ao vê-lo de mãos vazias, sua mulher já ralhou:

— Você não pescou nada?!

— Pesquei um peixe, mas ele disse que era um príncipe encantado, por isso eu o devolvi ao mar.

— E você não pediu nada em troca para esse peixe? – bronqueou a megera.

— Não! – respondeu o homem. – O que eu deveria pedir?

— Ah! – reclamou a mulher. – Vivemos tão mal acomodados neste casebre, que não cabe nada. Volte lá, chame esse peixe e diga-lhe que queremos uma casa bem maior e muito mais bonita!

O homem não gostou da ideia, mas foi para não contrariar a mulher.

Quando lá chegou, o mar estava verde-escuro. Nem parecia o mesmo da manhã daquele dia. Colocou os pés na água e chamou:

– *Peixinho lindo e dourado,*
*preciso falar contigo,*
*pois, da minha mulher,*
*eu trago um recado!*

O peixe veio nadando, aproximou-se dele e perguntou:
– O que ela quer?
– Ah... – gaguejou o homem. – Minha mulher acha que eu devia ter lhe pedido algo quando o devolvi ao mar.
– E o que ela quer? – reperguntou o peixe.
– Ela não está satisfeita de viver na nossa casa pequena e humilde. Ela quer uma casa maior e mais bonita.
– Pronto! – exclamou o peixe. – Sua mulher já está morando nela.

O homem voltou para casa e encontrou a mulher em frente de uma bela e grande casa, construída no lugar do seu antigo casebre.

– Entre, marido! Veja como é melhor do que o nosso antigo casebre! – e, tomando-lhe a mão, foi conduzindo-o: – Olhe os quartos! As salas são maravilhosas! Temos cozinha com ampla despensa e...

– Que bom! Vamos ser mais felizes – interrompeu o homem.

– Tentaremos – respondeu a mulher.

Então cearam na linda sala de jantar e foram dormir no confortável quarto.

Tudo correu bem durante uma semana, até a mulher começar a aborrecer o marido:

— Escute! Estou achando isso pouco. Na verdade, eu gostaria de viver em um castelo de pedra. Volte ao mar e peça ao peixe para nos dar um castelo.

— Meu Deus! – exclamou o homem. – Esta casa está ótima para nós. Por que vamos pedir um castelo?

— Agora! – exigiu a mulher. – Vá ao mar e peça! O peixe tem obrigação de fazer isso por nós.

O homem sentiu que não estava certo, mas foi. Quando chegou à praia, viu o mar muito sombrio. Mesmo assim, aproximou-se da beira da água e arriscou:

*— Peixinho lindo e dourado,*
*preciso falar contigo,*
*pois, da minha mulher,*
*eu trago um recado!*

— Bem, o que ela quer, agora? – perguntou o peixe.

— Ah... – balbuciou o homem envergonhado. Ela quer viver em um castelo de pedra.

— Volte! Ela espera por você na porta! – disse o peixe e mergulhou a cabeça na água.

O homem voltou e encontrou a mulher na porta do enorme castelo:
– Pode entrar!
Ele entrou no magnífico salão com piso de mármore. Cortinas de seda bordadas com fios de ouro esvoaçavam em todas as janelas. Havia cadeiras e mesas com pés de prata. Lustres de fino cristal pendiam do teto em todos os quartos. Deliciosos vinhos e apetitosas comidas abundavam as mesas. Atrás do castelo se estendiam as terras com pastos para cavalos e gado. Duas carruagens à disposição, guardadas na garagem. Um imenso pomar, com as mais diferentes frutas.
– Bem – disse a mulher, vindo ao encontro dele: – Não é bonito?
– Ah, sim! – concordou o homem. – Agora não nos falta mais nada.
– Não sei – discordou a ambiciosa mulher.
Depois da ceia foram dormir.
De madrugada, a mulher deu-lhe uma cotovelada nas costas e disse:
– Acorde, marido! Eu não consigo dormir. Com tudo isso que temos agora, não podemos continuar sendo ninguém. Temos de ser rei e rainha.

– Não quero ser rei – balbuciou o marido e se virou do outro lado para continuar dormindo.

– Você não quer ser rei, mas eu quero ser rainha. Vá, imediatamente, e peça ao peixe! Como você pode ficar dormindo sem ser rei?

Contrariado, o homem se levantou e foi reclamando:

– Isso não está certo. Isso não é direito. Isso não está certo. Isso não é direito...

Quando chegou, deparou-se com o mar completamente cinzento e cheirando mal. Mesmo assim ele falou:

*– Peixinho lindo e dourado,*
*preciso falar contigo,*
*pois, da minha mulher,*
*eu trago um recado!*

– O que ela quer mais? – perguntou o peixe.
– Quer que sejamos rei e rainha.
– Volte para casa! Ela já é rainha e espera por você para coroá-lo rei!

Ao chegar, o castelo havia se transformado em um rico palácio, com grandes e magníficos ornamentos. Sentinelas guardavam seus jardins e muros, enquanto soldados com tambores e trombetas anunciavam sua chegada. No magnífico salão, sua esposa estava sentada em um trono de ouro, cravejado de pedras preciosas. Ostentava linda coroa de ouro, ornada com diamantes. Segurava um grande cetro. Ao lado dela, havia seis lindas moças, prontas para servi-la. Assim que ele se aproximou, ouviu sua bronca:

– Como você está de pé? Sente-se que agora você é rei! – e fez o gesto mandando as moças coroá-lo.

– Ajeitando-se no manto real, satisfeito, ele exclamou:

– Nada mais nos falta!

– Não sei quanto tempo posso suportar esta vida. Melhor você voltar e dizer ao peixe que quero ser imperatriz.

– Não! Isso é um absurdo! – explodiu o homem, desanimado com aquela mulher ambiciosa.

Mas ela não se intimidou:

– Vá imediatamente!

Ele foi. A água do mar estava negra e grossa. Em vez de ondas, que se movimentavam, o mar fermentava um lodo grosso e fedido. Ele olhou para aquelas bolhas fétidas e, mesmo sem coragem, disse:

*– Peixinho lindo e dourado,*
*preciso falar contigo,*
*pois, da minha mulher,*
*eu trago um recado!*

– O que ela quer mais? – perguntou o peixe.
– Minha mulher quer ser imperatriz.
– Ela já é. Volte! Ela já é imperatriz! – orientou o peixe.

Realmente, em seu palácio, tudo estava mais suntuoso do que antes. Barões, condes e duques circulavam pelo palácio, com paredes forradas por lâminas de ouro maciço. Quando ele entrou, viu a esposa sentada em um trono de espaldar com mais de três metros de altura de puro ouro. Aproximou-se e a exaltou:

– Agora você é uma imperatriz!
– Sim! – ela admitiu. – Sou uma imperatriz.
– Está feliz?
– Estou. Mas quero ser uma papisa.
– Você enlouqueceu! – explodiu o homem – Só existe um papa para toda a cristandade.
– Tenho de ser papisa ainda hoje. Vá, imediatamente, falar com peixe!
– Ele não tem esse poder. Não pode torná-la papisa.
– Não diga tanta bobagem! Se ele me tornou imperatriz, também pode me fazer papisa.

O homem tremeu as pernas e bambeou os joelhos, mas foi falar com o peixe.

Um vento varria a terra, e as nuvens voavam no escuro da noite. As folhas caíam das árvores. No horizonte, ondas gigantes tombavam navios. Desanimado, o homem disse:

– *Peixinho lindo e dourado,
preciso falar contigo,
pois, da minha mulher,
eu trago um recado!*

– O que ela quer mais? – perguntou ao peixe.
– Quer ser papisa.
– Vá que ela já é papisa.

No lugar onde sempre morou, agora, havia uma igreja enorme rodeada por palácios. Ele empurrou pessoas da multidão para poder entrar. Lá dentro era tudo iluminado, com milhares e milhares de luzes. Sua esposa estava vestida de ouro, com reis e imperadores de joelhos diante dela. Eles disputavam para beijar os sapatos que ela calçava.

– Mulher, você é papisa?

– Sim – ela respondeu. – Sou uma papisa.

Ele parou e ficou contemplando-a, sem dizer uma palavra. Era como se estivesse olhando para o Sol brilhante. Então, comentou:

– Você está ótima como papisa.

Ela não respondeu nada. Não gesticulou nem se mexeu. Ficou estática.

– Seja feliz, mulher! Você agora é uma papisa. Não pode querer mais nada.

– Vejo isso depois – respondeu, sem entusiasmo, e propôs: – Vamos dormir! Estou cansada.

O homem dormiu profundamente. Mas ela não conseguiu pregar os olhos. Rolou a noite inteira de um lado para o outro, pensando o que poderia ser mais importante. Quando o Sol nasceu, ela se levantou, olhou pela janela e odiou:

– Como o Sol nasce sem a minha permissão?

Voltou para a cama, acotovelou as costelas do marido e gritou:

– Acorde! Agora, quero mandar no Sol e na lua! Eles têm de me obedecer. Aparecer e sumir quando eu quiser.

O homem, ainda meio adormecido, ficou tão aterrorizado com tão grande loucura que caiu da cama. Pensando ter ouvido mal, esfregou os olhos e indagou:

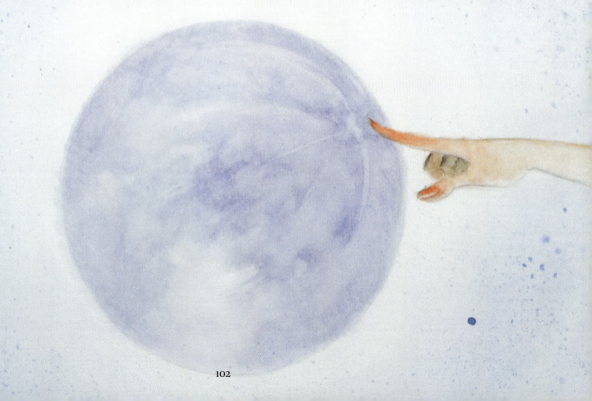

– Que você disse?

– Se eu não puder fazer o Sol e a lua surgirem e se recolherem quando eu quiser, não serei feliz. Quero mandar em tudo do universo.

O homem caiu de joelhos em frente dela e implorou:

– Contente-se com o que você é, mulher! Seu desejo é maior do que o peixe pode realizar.

Sua ira a descontrolou. Seus cabelos ficaram em pé. Ela rasgou a roupa do corpo, deu pontapés no marido e exigiu:

– Vá imediatamente!

O marido entrou na calça e saiu correndo feito um louco.

Lá fora desabava uma tempestade tão grande que o homem mal conseguia ficar em pé. Casas e árvores eram derrubadas. As pedras rolavam das montanhas.

Céu e mar estavam escuros como breu. Trovejava muito. Relâmpagos rasgavam o céu e iluminavam grandes ondas do mar revolto, as torres da igreja e os picos das montanhas. Mesmo assim, o homem gritou:

– *Peixinho lindo e dourado,*
*preciso falar contigo,*
*pois, da minha mulher,*
*eu trago um recado!*

– O que ela quer mais? – perguntou o peixe.
– Ela quer mandar em tudo do universo.
– Vá! Ela está sentada em frente do seu antigo casebre.
E lá o casal está sentado até hoje.

# Rapunzel

Era uma vez um casal que há muito tempo desejava, inutilmente, ter um filho. Os anos passavam, e esse sonho não se realizava. Afinal, em um belo dia, a mulher percebeu que ia ter uma criança.

Por uma janelinha dos fundos da casa desse casal avistava-se o quintal vizinho, onde havia uma linda horta cheia das mais viçosas hortaliças, diversos legumes e ervas de fina qualidade. Em torno dessa horta se erguia um muro altíssimo que nunca ninguém se atreveu a ultrapassá-lo por ser propriedade de uma bruxa muito temida e poderosa.

    Um dia, espiando pela janelinha, a mulher se admirou ao ver um canteiro cheio dos mais belos pés de rabanete. As folhas eram tão verdes e fresquinhas que abriram seu apetite. Ela sentiu um enorme desejo de comer um pouco. Desejo que aumentava cada dia mais. E, como ela sabia que não seria satisfeita, foi definhando e ficando cada vez mais triste e com aspecto doentio.

    Preocupado com sua saúde, o marido lhe perguntou:

    – O que está acontecendo com você, querida?

    – Ah! – queixou-se ela. – Se eu não comer um pouco dos rabanetes da horta da bruxa, morro logo, logo!

    O marido, que a amava muito, pensou: "Não posso deixar minha mulher morrer. Tenho de conseguir esses rabanetes, custe o que custar!"

    Ao anoitecer, ele encostou uma escada no muro, pulou para o quintal vizinho, arrancou apressadamente um punhado de rabanetes e levou para a mulher. Mais do que depressa, ela preparou uma salada deliciosa e comeu. Gostou tanto que no dia seguinte seu desejo de comer rabanetes ficou ainda mais forte. Para sossegá-la, o marido prometeu-lhe que iria buscar mais um pouco.

Quando a noite chegou, ele pulou novamente o muro. No entanto, mal pisou do outro lado, deparou-se com a bruxa de pé diante dele.

– Como se atreve a entrar no meu quintal como um ladrão para roubar meus rabanetes? – perguntou ela, com os olhos chispando de raiva. – Você vai pagar muito caro por isso!

– Tenha piedade, senhora! – implorou o homem. – Só fiz isso porque fui obrigado! Minha mulher viu seus rabanetes pela nossa janela e sentiu tanta vontade de comê-los, que, se eu não levar alguns, ela morrerá de desejo.

A bruxa se acalmou e propôs:

– Se é assim, pode levar quantos rabanetes quiser, mas com a condição de me dar a criança assim que nascer. Cuidarei dela como se fosse minha própria filha e nada lhe faltará.

O homem, apavorado que a mulher morresse, concordou. Pouco tempo depois nasceu uma menina. A bruxa surgiu no mesmo instante, deu à criança o nome de Rapunzel e a levou embora.

Rapunzel cresceu e se tornou a mais linda menina sob o sol. Quando fez 12 anos, a bruxa a trancou no alto de uma torre, no meio da floresta.

A torre não possuía nem escada nem porta, apenas uma janelinha no lugar mais alto. Quando a malvada desejava entrar, ficava embaixo da janela e gritava:

– Rapunzel! Jogue as suas tranças!

Rapunzel, que possuía magníficos cabelos compridos, finos como fios de ouro, quando ouvia esse chamado, abria a janela, desenrolava as tranças e jogava-as para fora. As tranças caíam vinte metros abaixo, e por elas a bruxa subia.

Anos depois, o filho do rei, cavalgando pela floresta, passou perto da torre. Ouviu um canto tão bonito que parou encantado.

Rapunzel, para espantar a solidão, cantava para si mesma com sua doce voz. Imediatamente, o príncipe quis subir, mas não conseguiu. Inconformado, ele voltou para casa. Mas o maravilhoso canto tocara tão profundamente seu coração que ele começou a ir para a floresta todos os dias, querendo ouvi-lo outra vez.

Em uma dessas vezes, o príncipe estava descansando atrás de uma árvore, quando viu a bruxa aproximar-se da torre e gritar:

– Rapunzel! Jogue as suas tranças, Rapunzel!

Após isso, a trança despencou, como se fosse corda, por onde a bruxa subiu.

– É essa a escada pela qual ela sobe! – admirou o rapaz. – Pois eu também vou subir.

No dia seguinte, quando escureceu, ele se aproximou da torre e, bem embaixo da janelinha, gritou, imitando a voz da bruxa:

– Rapunzel! Jogue as suas tranças, Rapunzel!

As tranças caíram pela janela abaixo, e ele subiu.

Rapunzel ficou muito assustada ao vê-lo entrar, pois jamais tinha visto um homem.

Mas o príncipe falou-lhe com doçura. Contou como seu coração estava apaixonado desde o momento em que a ouviu cantar e que, a partir daquele dia, nunca mais teria sossego enquanto não a conhecesse.

Rapunzel foi se acalmando e, quando o príncipe lhe perguntou se o aceitava como marido, ela reparou que ele era jovem e belo. E respondeu:

– Sim! Quero me casar com você! Mas não sei como descer. Sempre que vier me ver, traga uma meada de seda. Com ela trançarei uma escada e, quando ficar pronta, desço e você me leva no seu cavalo.

Combinaram que ele sempre viria ao cair da noite, porque a velha costumava vir durante à tarde. Assim foi, e a bruxa de nada desconfiava até o dia em que a Rapunzel, sem querer, perguntou a ela:

– Por que a senhora custa tanto subir, enquanto o príncipe chega aqui com facilidade?

– Ah, menina malvada! – gritou a bruxa. – Pensei que havia isolado você do mundo, no entanto, estava enganada!

Na sua fúria, agarrou Rapunzel pelos cabelos e a esbofeteou. Depois, com a outra mão, pegou uma tesoura e cortou as belas tranças da moça, largando-as no chão.

Não contente, a malvada levou a pobre moça para um deserto e a abandonou ali para que sofresse e passasse todo tipo de privação.

Na tarde do mesmo dia em que Rapunzel foi expulsa, a bruxa prendeu as longas tranças num gancho da janela e ficou esperando.

Quando o príncipe chegou, chamou:

– Rapunzel! Jogue as suas tranças, Rapunzel!

A bruxa deixou as tranças caírem para fora e ficou esperando.

Ao entrar, o pobre rapaz não encontrou sua querida Rapunzel, mas, sim, a terrível bruxa com um olhar chamejante de ódio e gargalhando:

– Ha, ha, ha! Você veio buscar sua amada? Mas a linda avezinha não está mais no ninho nem canta mais! O gato apanhou-a, levou-a e agora vai arranhar os seus olhos! Nunca mais você verá Rapunzel!

Ao ouvir isso, o príncipe ficou fora de si e, em seu desespero, atirou-se pela janela.

Ele não morreu, mas caiu sobre espinhos, que furaram seus olhos e o deixaram cego.

A partir de então, desesperado, ficou andando sem rumo pela floresta, alimentando-se apenas de frutos e raízes, sem fazer outra coisa que não fosse lamentar e chorar a perda da amada.

Passaram-se os anos. Um dia, por acaso, o príncipe chegou ao deserto no qual Rapunzel vivia, na maior tristeza, com seus filhos gêmeos, um menino e uma menina, que haviam nascido ali.

Ouvindo uma voz que lhe pareceu familiar, o príncipe caminhou na direção de Rapunzel. Assim que chegou perto, ela logo o reconheceu e se atirou em seus braços, chorando.

Duas das lágrimas da moça caíram nos olhos dele, e, no mesmo instante, o príncipe recuperou a visão e ficou enxergando tão bem quanto antes.

Então, ele levou Rapunzel e as crianças para seu reino, onde foram recebidos com grande alegria. Ali, casaram-se e viveram felizes para sempre.

# Rumpelstiltskin

Era uma vez um moleiro pobre, pai de uma filha muito bonita. Um dia, ele teve a oportunidade de poder falar com o rei e, para se mostrar importante, disse-lhe:

– Tenho uma filha capaz de fiar palha, transformando-a em ouro.

Diante dessa afirmação, respondeu o rei:

– Isso me agrada bastante. Se sua filha é tão hábil como você diz, traga-a amanhã, que vou colocá-la à prova.

Na manhã do dia seguinte, assim que a moça chegou ao palácio, o rei a conduziu a um quarto cheio de palha, onde havia uma roca no canto, e disse-lhe:

– Sente-se à roca e comece a trabalhar. Se amanhã pela manhã toda esta palha não estiver tecida e transformada em ouro, você será morta.

Dito isso, trancou a porta do quarto atrás de si e foi embora.

Ficando sozinha, a pobre filha do moleiro, sem ter a mínima ideia de como transformar palha em ouro, começou a chorar.

De repente a porta foi aberta e entrou um homenzinho, que lhe perguntou:

– Por que você está chorando?

– Ai de mim! – lamentou. – Tenho de fiar palha, transformando-a em fios de ouro, e não sei como fazer isso.

– O que você me dá se eu fizer isso por você? – indagou o homenzinho.

– Meu colar – prontificou-se a menina.

O homenzinho pegou o colar, sentou-se em frente da roca, e zum, zum, zum; com três voltas encheu um carretel com fio de ouro. Colocou outro carretel, e zum, zum, zum; com mais três voltas, o segundo ficou cheio também. Assim passou à noite até de manhã, quando terminou de transformar toda a palha em fios de ouro, bobinados em carretéis.

Ao raiar do dia, o rei já estava lá. Diante de tanto ouro, ficou atônito e encantado. No entanto, como era um homem ganancioso, quis mais. Então, levou a filha do moleiro a outro quarto, ainda maior e mais cheio de palha, e lhe ordenou que também fiasse toda aquela palha, transformando-a em ouro se quisesse continuar viva.

A menina sem saber o que fazer, pôs-se a chorar. Novamente, a porta foi aberta, e o homenzinho apareceu perguntando:

– O que você me dá se eu transformar toda essa palha em fios de ouro?

– O anel do meu dedo – respondeu ela.

O homenzinho pegou o anel e, mais uma vez, pela manhã, havia fiado toda a palha em ouro brilhante.

O rei ficou contentíssimo diante de tanta riqueza. Mesmo assim não se deu por satisfeito. Levou a moça para outro quarto do palácio, onde havia mais palha do que nos dois primeiros. E, após concluir que, mesmo sendo ela filha de um moleiro, ele não encontraria mulher mais rica no mundo inteiro, prometeu-lhe:

– Se amanhã de manhã este monte de palha estiver transformado em fios de ouro, caso-me com você.

Quando a moça ficou sozinha, pela terceira vez, o homenzinho voltou e lhe perguntou o que ganharia se fiasse toda a palha.

– Não tenho mais nada para dar – respondeu a moça.

– Nesse caso, prometa-me que me dará seu primeiro filho se você se tornar rainha.

Pensando que isso nunca fosse acontecer e sem saber outra forma de se livrar daquele apuro, ela prometeu.

O homenzinho fiou toda a palha até o amanhecer.

O rei chegou pela manhã e, encontrando a palha transformada em fios de ouro, casou-se com ela, tornando-a rainha.

Um ano depois, ela teve uma linda criança. Estava tão feliz da vida, nem se lembrava mais do homenzinho, quando ele entrou em seu quarto, exigindo:

– Agora, quero o que você prometeu.

Desesperada, ela lhe ofereceu todas as riquezas do reino para ele não levar a criança.

Entretanto, o homenzinho não concordou. Afirmou que, para ele, a criança valia mais do que todos os tesouros do mundo.

Então, a rainha começou a se lamentar e a chorar, de modo que o homenzinho teve pena dela:

— Dou-lhe três dias para descobrir o meu nome, e, se nesse tempo você conseguir, poderá ficar com a criança.

A rainha pensou a noite inteira em todos os nomes conhecidos. Ao amanhecer, mandou um mensageiro buscar informações de outros nomes de que nunca ouvira falar.

No dia seguinte, retornou o homenzinho. Ela começou citando Gaspar, Melchior, Baltazar e todos os nomes conhecidos por ela. Mas a cada nome dito, o homenzinho dizia não.

No segundo dia, ela repetiu os nomes mais extravagantes coletados entre as pessoas do reino:

— Rabo de Cavalo!

— Peito de Peru!

— Bafo de Onça...

Mas, para todos ditos, o homenzinho afirmava:

— Esse não é o meu nome.

No terceiro dia, o mensageiro voltou e disse não ter encontrado um único nome diferente daqueles já apresentados por ela ao homenzinho. Entretanto, encerrando a conversa, ele contou:

— Fui a uma montanha, no final da floresta, onde a raposa e a lebre se desejam boa-noite quando vão dormir. Lá, no quintal de uma casinha, vi um homenzinho ridículo saltando, com uma perna só, ao redor de uma fogueira e gritando:

*— Hoje faço pão, amanhã bebo cerveja,*
*depois de amanhã, trago o filho da rainha,*
*estou feliz por ninguém saber*
*que Rumpelstiltskin é o meu nome,*
*nem ela mesma adivinha.*

Você nem pode imaginar como a rainha ficou feliz quando ouviu esse nome. Logo em seguida, o homenzinho entrou e perguntou:

– Rainha, qual é o meu nome?

Confiante do nome que ia dizer, a rainha brincou:

– Seu nome é Conrado?

– Não.

– Henrique?

– Não.

– Talvez, seu nome seja Rumpelstiltskin?

– Foi o diabo quem lhe contou o meu nome – gritou o homenzinho, cuspindo fogo.

Em sua raiva, bateu o pé no chão com tanta força, que penetrou na terra e nunca mais ninguém soube dele.